花園まつり

◆◆◆

霧原一輝

Kazuki Kirihara

JN108893

紅文庫

目次

装幀　遠藤智子

花園まつり

第一章　女性部長は巨根がお好き

1

槇村功太郎《まきむらこうたろう》は自分がハーレムの王様になった気分だった。

左右には美貌をベールで隠したグラマラスな女が二人くっついて、その豊かな乳房を押しつけながら、ひとりが大きな葡萄《ぶどう》を垂らして、功太郎に食べさせようとしている。

そして、足元にも二人の美女がはべっていて、二人は股間からそそりたつ功太郎の雄大なイチモツを競うようにおしゃぶりしてくれているのだ。

（おおぅ、最高だ。俺は石油王なのか？）

イチモツを頬張られて、チューーッと吸われる快感に、うっとりと目を細めた。

そのとき、一縷《いちる》の不安が脳裏をかすめた。

（いや、待てよ。こんなはずはない。現実の俺はM化粧品に勤める窓際族で、いまだ結婚の夢さえ叶わないどうしようもない三十九歳だ。そうか……これは

夢か。願望を夢に見ているんだな)

しかし、夢にしては、股間の感触がやけにリアルだ。いずれにしろ、目を覚ませばすべてわかることだ。

(起きろ！　起きるんだ、俺！)

自分を叱咤《しった》して、無理やり目を開く。

白い天井には、幾つものダウンライトがぼんやりと灯《とも》っている。

(ここはどこだ？)

何かの気配を感じて、足のほうを見ると、そこには、一糸まとわぬ美熟女が座っていて、ピンクにマニキュアされた指で功太郎のイチモツを握りながら、ふっと微笑んだではないか。

(あ、浅見《あさみ》部長……？)

浅見玲子《れいこ》は四十一歳にして営業部長の座を射止めた美魔女キャリアレディーである。

(ああ、そうか……)

だんだんと思い出した。

今夜、会社で玲子がトップを勤めるプロジェクトの打ち上げがあり、その席を仕切ることになった総務部係長の功太郎が、その段取りの悪さを玲子に叱責《しっせき》され、ついには二次会にまでつきあわされたのだ。

その席でも、玲子にさんざん毒づかれて、しこたま呑まされた。その後のことは覚えてない。功太郎は精神的なものか、長年の飲酒がたたっているのか、最近は呑みすぎると記憶が飛ぶのだ。

しかし、今、なぜか二人はホテルの一室にいる。不可解なのは、裸の玲子部長が功太郎のイチモツを握って、しげしげと見つめていることだ。

何が起こっているのかはっきりしない。しかし、ここはひとまず謝るに越したことはない。

「部長、す、すみません！」

功太郎は深々と頭をさげた。

「何を謝っているのかしら？」

玲子が長いウエーブヘアをかきあげて、アーモンド形の目で妖《あや》しく功太郎を見た。

「あっ、いや……あの……」

「あなた、おチンチンがデカいって言われない？」

「ああ、はい……一度寝た女性にここが大きすぎて、痛いだけだからもう無理、別れましょうと言われたことがあります」

自分のイチモツが俗に言う巨根の部類に入るものだと知ったのは、中学の修学旅行だった。功太郎のチンチンを見た友人がギョッとして、それ以降、彼は絶対に功太郎とは一緒に風呂には入ろうとはしなかった。

総じて功太郎にとって、巨根であることは自慢ではなく、むしろコンプレックスだった。

女性と致す寸前になって、これは無理と断られたこともある。挿入《そうにゅう》に成功しても、痛くてダメと一回だけで別れたこともある。

自分が三十九歳にしていまだ独身であることも、きっとこの図体だけがデカいおチンチンのせいだ。少なくとも、功太郎はそう感じている。

「素晴らしいわよ。あなたのおチンチン。ただ太くて長いだけじゃない。カリが張っていて、これが引っかかって気持ち良さそう。ほら、この亀頭なんて茜《あかね》色《いろ》にてり輝いていて、うっとりしちゃう。ねえ、おしゃぶりしていい？」

「いいですけど……でも、部長には立派なダンナ様がいらっしゃいます。大丈夫でしょうか？」

　玲子の夫は関連会社の会長を勤めている七十二歳。

　夫は再婚で、六十二歳のときに玲子と結婚した。玲子は出世のために会長を身体《からだ》で誘惑したという口さがない連中もいる。関連会社の会長の妻となれば、うちでも発言権が増すからだ。しかし、本当のところはわからない。

「あの人はもういいのよ。これが使い物にならないから……だから、わたしが他の男と寝ても認めるしかないのよ。ふふっ、バカね。わたしがこのことを口外するわけがないじゃない。あなたも絶対にこれよ」

　玲子がルージュのぬめる唇の前で人差し指を立てた。

「ああ、はい……」

　玲子は功太郎の足の間にしゃがむと、無意識だろう、舌舐《な》めずりをした。それから、すっと顔を寄せてきた。

　野太《のぶと》い棹《さお》の根元にほっそりとした長い指をまわして、ぎゅっ、ぎゅっとしごきあげる。

「すごいわ。血管がぷっくりして……鼓動がわかる。ドクドク言ってる。ぁああ、オスの匂いがする。たまらない……」

　鼻を鳴らして、男根の匂いを吸い込み、裏筋に沿ってツーッと舐めあげてきた。

「あっ、くっ……！」

あまりの快感に分身がビクッと頭を振る。

「同じビクンでも、大きいと迫力が違うのね。ふふっ、こっちから見ると、先っぽがそら豆そっくりよ……」

玲子はしげしげと亀頭部を見つめ、裏筋を何度も舐めあげ、裏筋の付け根に舌をねろねろとからませ、強く弾いてくる。

「ぁああ、気持ちいいです」

功太郎はうっとりとして言う。

「そろそろ咥《くわ》えてみようかしら？　でも、こんなに大きなおチンチン、頬張れるのかしら？　とにかく、やってみるわね」

玲子はしどけなく髪をかきあげて、功太郎を大きな目で見あげてくる。

それから、ゆっくりと唇をかぶせてきた。

2

ホテルのベッドで、玲子部長がいつも赤く濡れている唇をいっぱいにひろげて、イチモツを頬張ろうとしている。一度、試みて、

「ダメね。これだと歯が当たってしまう。厄介《やっかい》ね。唇で歯を巻き込んでいかないと、痛いでしょ？」

「ああ、はい……でも、慣れているから、平気ですよ。多少当たっても……」

「そう？　当たったらゴメンね」

浅見玲子は仕事では切れ者として恐れられているが、ベッドでは気遣いのできる、やさしい女だった。

玲子は枝垂《しだ》れ落ちたウエーブヘアを手でかきあげて、そのきりっとしているがどこか包容力も感じさせる美貌《びぼう》を見せつけるようにして、功太郎を見た。

それから、口を一杯にひろげて、上から頬張ってくる。

ほっそりした首すじが筋張って、いかにぎりぎりまで口を開けているのかがわかる。

赤いルージュに艶めく唇が亀頭部の丸みに沿ってひろがり、やがて、亀頭冠を乗り越えて、肉茎の途中まで呑み込んだ。

苦しいのだろう。はあはあはあと肩で息をしながら、ちらりと見あげてきた。視線が合うとにこっとし、目線を伏せて、慎重に一センチ刻みで唇をおろしていく。

そこでいったん休んで、大きく肩で呼吸をした。

ようやく肉柱の太さに慣れたのか、もっとできるとばかりに深く咥えてきた。

一気に根元まで頬張って、

「ぐふっ……！」

跳びはねるように噎《む》せて、えずいている。あっと言う間に涙ぐんでいて、そんな部長が可哀相《かわいそう》になった。

「部長、いいんですよ。無理なさらなくても」

「このくらい平気よ。わたしを誰だと思っているの？　わたしにできないことはないの」

玲子はきりっとした顔になって、また頬張ってきた。今度は、途中までしか咥えず、亀頭冠を中心に素早く唇を往復させる。

その間にも、右手で太棹を握ってしごいているところが、さすがだった。

（熟女は違う。ほとんどの女性が半分までしか咥えることができなかったイチモツを、部長は一瞬だが、根元まで頬張ってくれた。ああ、気持ちいい……亀頭冠とその裏側がやっぱり一番気持ちいい……！）

湧きあがってくる甘い陶酔感に功太郎は酔いしれる。

これだけきっちりとフェラチオしてもらったのはいつ以来だろう？　結婚間際まで行った彼女と最後のセックスをして以来だから、もう三年前になる。

二人は結婚してもいいという気持ちになっていた。お互いの肉体的な相性を確かめるために、初めてのセックスをした。たっぷりとした愛撫をして、彼女が功太郎の勃起《ぼっき》を咥えようとしたとき、ギョッとしたように凍りついた。

『大きいわね。びっくりした』

彼女は最初は驚きながらも、一生懸命頬張ろうと努力してくれた。しかし、途中までしか口におさめられなかった。

いざ挿入の段になって、じりじりと入れたものの、途中で彼女は、

『わたしのが小さすぎて、これ以上は無理。徐々にならしていくわね』

そう言ってくれた。その後も、合計三度試したものの、彼女には苦痛でしか

なかったようで、

『ゴメンなさい。身体の相性が合わなかったみたい。結婚の話はなしにしましょう。ゴメンね』

最後は彼女のほうから、別れを切り出してきた。

そのときに受けた傷を、功太郎は今もまだ引きずっている。

だが、このまま行けば、玲子部長はそのトラウマを消してくれるかもしれない。

「んっ、んっ、んっ、んっ……！」

短くストロークしていた玲子がちゅぱっと吐き出して、ぜいぜいと息を切らしながら、言った。

「ダメ……顎《あご》が、この付け根が疲れる」

玲子は顎を押さえながら笑っているから、深刻ではないだろう。

「すみません。辛かったら、無理せずにおやめになってください」

「やめるわけがないじゃないの！　したいと思ったことはとことん最後までするの。それが、わたしの信条なの。ゴメンね、気を遣わせてしまったわね。大丈夫だから……それに、デカチンに手こずっているわたし自身をすごく愛おしく感じるのよ」

　玲子は幸せそうに微笑んだ。それから、功太郎の足をつかんでぐいとあげさせ、あらわになった睾丸《こうがん》に貪りついてきた。

　オイナリさんのような睾丸を下から舐めあげる。その袋の皺《しわ》のひとつひとつを伸ばすかのように丁寧に舌を這《は》わせる。驚いたのは、ついには、片方を頬張ってきたことだ。

（ええっ……！）

　睾丸をぱっくりと咥えられた経験はない。しかも、それをしているのは自分の上司である浅見玲子部長なのだ。

　びっくりしている間にも、玲子は睾丸を口のなかでもぐもぐと転がしながら、太棹を握りしごいてくる。

　信じられなかった。切れ者部長が、自分の醜悪なキンタマを美味しそうにねぶっている。

　と、玲子はちゅるっと吐き出して、ちらりと功太郎を見た。

　それから、裏筋を舐めあげてきて、太棹に上からしゃぶりついた。今度はかなり奥まで頬張った。

指は使わずに、口だけで追い込んでくる。

ふっくらとした柔らかな唇をからみつかせて、激しく上下にすべらせる。動きが止まったと思ったら、今度は舌がまとわりついてきた。

裏のほうをなめらかで、よく動く器用な肉片が強く摩擦しながら、レロレロッと躍る。

それが済むと、また根元を握り込んで、激しく上下にしごきながら、

「んっ、んっ、んっ……」

余った部分に速いピッチで唇を往復させる。

枕を二つ重ねて、頭の下に入れると、その姿がはっきりと功太郎の目に飛び込んできた。

(これが浅見玲子のもうひとつの顔なんだな。会社ではいつも肩で風切って歩いているのに、ベッドでは変身する。それにしても、最初でこれだけ奥まで咥えてくれた人は初めてだ。ああ、玲子部長……!)

玲子はウエーブヘアを激しく波打たせ、顔をリズミカルに打ち振っている。

一杯にひろがった唇、想像通りのたわわな乳房……。

しなった背中の向こうに、ハート形の官能的なヒップが存在感を主張してい

た。

会社での颯爽《さっそう》とした仕事ぶりを知っているだけに、このギャップに萌《も》えた。

ひと擦りされるたびに、熱い射精感がひろがってきた。

「ああ、出そうだ」

窮状を訴えると、玲子は肉棹を吐き出して、口角に付着した唾液を人差し指で拭《ぬぐ》った。ピンクのマニキュアで光る指が途轍もなくエロかった。

「太かったけど、何とかなったわ」

「あ、ありがとうございます。すごく気持ち良かったです。天国でした」

功太郎が答えると、玲子は微笑みながら、下腹部にまたがってきた。

3

（入れてくれるのか？）

流れから行くと、そうなる。しかし、功太郎にはこれが現実だとはどうしても思えないのだ。

相手はつい数時間前までは、叱責されていた美人部長。それに、功太郎も女性と合体するのは三年ぶりだ。いや、あれは先っぽを入れただけだから、合体とは言えない。

(部長、本当にできるのか?)

不安を抱きながら見ていると、玲子は蹲踞《そんきょ》の姿勢で足を大きく開いて、下半身をまたいだ。禍々《まがまが》しく屹立《きつりつ》する太棹に、自分の濡れ溝を擦りつけて、

「ぁあああ、気持ちいい!」

顔をのけぞらせた。

ぐちゅぐちゅと淫靡《いんび》な音がして、玲子がいかに濡らしているのかがわかる。

玲子はいったん下を向いて、野太いものの頭部を目視し、それを黒い翳《かげ》りの底に押し当てた。

腰を微妙に揺すって、亀頭部を呑み込み、それが亀頭冠まで入ってしまうと、

「はぁあああ……!」

玲子は声あげながら、つらそうに眉根《まゆね》を寄せた。

「無理なら、しなくていいです」

「バカね。わたしにできないことはないって言ったでしょ? ゴメン、もう少し小さくしてくれるかな? せめて、柔らかくして……何か他のことを考えた

りできない？」

「ああ、はい……やってみます」

功太郎は躾《しつけ》に厳しかった母親のことを脳裏に浮かべた。すると、明らかにそれが力を失くすのがわかった。

「ああ、そうよ。柔らかくなった。これなら、入りそう……」

玲子は息を吐きながら、ゆっくりと腰をおろしていく。半分ほど受け入れて、

「くっ」と奥歯を食いしばった。それでも、根性で腰を落としていることがわかる。

ついには、太棹が根元まで姿を消すと、

「ほら、できたでしょ？　ぁあああ、ぁあああ、大きい」

玲子はすっきりした眉《まゆ》を八の字に折る。

(やったぞ！　俺の根元まで埋まっている！)

功太郎は歓喜に酔った。

こんなにずっぽりと入ったのは、いつ以来だろう？

それに、すごいのは、部長のオマ×コは太棹をただ受け入れただけではなく、
びくっ、びくっと締めつけてくることだ。膣粘膜の伸び率がよく、締める力も

強いのだろう。

（すごい、すごいよ！）

功太郎が感激している間にも、玲子がゆっくりと慎重に腰を振りはじめた。前後に手を突き、上体を立て、膝をぺたんとシーツにつけたまま、腰をくなり、くなりと前後に揺すっては、

「くっ……くっ……ぁあぁ，キツい。キツいけど、この圧迫感が素敵よ。一度味わったら、忘れられなさそう……ぁあぁあ、すごい。奥を、奥を大きなものが……ぁあぁ……」

玲子はいったん腰を浮かして、両手を後ろに突いた。功太郎の太腿《ふともも》を手でつかんで、のけぞる。

エステでいつもお手入れしている肌はつやつやで、贅肉《ぜいにく》はまったくついていないのに、つくべきところにはついている。たわわな乳房は形よく盛りあがり、乳首が驕慢《きょうまん》そうに頭を擡《もた》げている。

大きく足をM字に開いているので、長方形に手入れされた陰毛の底にフトマラが嵌《は》まり込んでいるのがはっきりと見える。

「ぁあぁ、ぁあぁ……見ないで。ここを見てはいやよ」

そう制しながらも、玲子の腰づかいは少しずつ活発になっていく。

のけぞったまま、腰をくいっ、くいっと前に突き出し、後ろに引く。そのたびに、太棹が膣のなかに消えたり、出てきたりする。

おびただしい淫蜜で濡れた肉柱の裏筋が見え、そこに、白濁した本気汁がとろっと垂れ落ちている。

そして、玲子はますます腰を振り立てては、

「ぁあぁ……ぁあああぁ……すごいわ。なかから押し上げられる感じよ。わたしのあそこがぎりぎりまで伸びているわ。そこを、立派なカリが引っ掛かりながら、擦ってくる。長いから抜ける心配がなくて、存分に動ける」

上体を立てて、ふたたび蹲踞の姿勢を取った。

玲子は自分の足に手をかけて、腰の上げ下げをはじめた。

「行くわよ」

（ああ、これは……！）

あり得ない光景だった。

玲子はスクワットでもするように尻を引きあげ、おろす。それを繰り返すたびに、野太い肉の塔が翳りの底に姿を消す。

長くもあるから、さすがに全部はおさまらない。尻を落としきっても、まだ数センチは入りきらずに余っている。

しかし、長いぶん、切っ先は子宮口にぶち当たる。

玲子は加減して、切っ先を子宮口に当て、さらにこうすればもっと気持ちいいとばかりに、腰をくねらせて、亀頭部を子宮口に擦りつけては、

「すごい、すごい……捏《こ》ねてくるのよ。あなたのウタマロがわたしのなかをぐりぐりしてくるの……ぁああ、止まらない。腰が勝手に動くの……ぁああ、あんっ……あんっ……」

玲子は尻のアップダウンを繰り返しながら、その快感に身をよじっている。

(玲子部長は俺のデカマラを心から愉しんでくれている。そうか……なかにはこういう人もいるんだな)

部長とつながっていると、自分のデカチンに自信が持てた。

「あん、あん、あんっ……もう、ダメっ……！」

玲子が力尽きたのか、がくがくと前に突っ伏してきた。

「大丈夫ですか？」

「ええ……どうにか。あなた、セックス強いのね。全然、出す気配がない」

「……正直、自分でも驚いています。若い頃はあっという間に出しちゃったんですが。きっと四十路《よそじ》を迎えて、あそこの感覚が鈍くなったんだと思います」

「そのほうが、愉しめる。最初はあなたが泥酔して動けないって言うから、わたしの泊まっているホテルに連れてきたのよ。そうしたら……人生、何がラッキーにつながるかわからないものね」

玲子が前に上体を倒して、上から慈愛に満ちた目で功太郎を見た。

「こうして見ると厭味《いやみ》のない顔をしているわね。気に入ったわ」

玲子の唇がせまってきた。

キスされて、粘っこい舌でなかをなぞられると、その唾《つば》の匂いや、いやらしい舐め方に反応して、勃起がびくっと頭を持ちあげる。

「あんっ……！」

玲子は顔をあげて、艶めかしい目を向け、

「今夜はとことんかわいがってあげるわね」

微笑んで、キスをおろしていく。胸板を舌でなぞり、乳首を舐める。れろれろっと弾《はじ》き、小豆大《あずきだい》のものが硬くしっこくてくると、

「あらあら、女の子みたい」

功太郎の乳首を指で捏ねる。そうしながら、腕をあげさせて、あらわになった腋《わき》の下にキスをする。腋毛もあるし、きっと汗の匂いや体臭もひどいことだろう。

しかし、玲子はいさいかまわず腋を舐める。そうしながら、腰も動かしている。

脇腹から腋の下にかけて舐めあげるときは、腰も入れて、挿入が深くなる。反対に舐めおろすときは、挿入が浅くなる。

4

だが、やられっぱなしではいられない。

功太郎は自分から攻めることにして、覆《おお》いかぶさっている玲子部長の背中と腰を引き寄せる。

そのまま、下から突きあげると、とろとろに溶けた粘膜を太棹が斜め上方に向かって擦りあげていき、

「あっ……ぁあああ、大きい……ぁあああ、くうぅぅ」

玲子がつらそうに歯を食いしばった。やはり、女性が自ら動くのと、男が動くのは圧迫感が違うのだ。

「やめましょうか？」

「ううん、つづけて。負けないわよ。いいから、もっと突いて……そうよ、そう……ぁあああ、裂《さ》けるぅ！」

玲子が上体を逸《そ》らして、悲鳴をあげた。

「やめます」

「いいから、つづけて。つづけなさい！」

玲子は仕事でもベッドでも負けず嫌いだった。

それならばと、功太郎は連続して腰を撥《は》ねあげる。

野太い肉棹が熱い祠《ほこら》を斜め上方に向かって擦りあげていき、

「あんっ、あんっ、あんっ……すごい、すごい、すごい……死んじゃう、わたし、死んじゃう！」

玲子がぎゅっとしがみついてきた。

「いいんですね？」

「ええ……もっと、玲子を突き殺して……そうよ、そう……あん、あん、あんっ……」

玲子が必死に抱きついてきた。功太郎も射精したくなった。しかし、この体位では射精までは難しい。

「体位を変えますよ」

いったん結合を外して、玲子を仰《あおむ》向けに倒し、膝をすくいあげた。

細長い恥毛はみっちりと生えて、中心に向かうにつれてそそけ立っている。

その下で、女の花が艶やかに咲き誇っていた。蘇芳《すおう》色とピンク、鮭紅色の色合いが鮮やかで毒々しい。

(部長はこの女の武器を駆使して、出世街道を突き進んできたんだな)

ひどく昂奮した。

いきりたちを湿原に押しつけて、慎重に沈めていく。

「待って!」

玲子が自ら両手を肉びらに添えて、外側へと剥《む》いた。邪魔者がなくなった花園に向かって、体重をかけると、切っ先が入口を押し広げていく確かな感触があって、

「あああ……!」

玲子が甲高《かんだか》く喘《あえ》いで、仄白《ほのじろ》い喉元《のど》をさらした。

さらに力を込めると、カリが狭い洞穴をひろげていき、切っ先が奥のふくらみに届き、

「あああ……当たってるぅ」

玲子が両手を開いて、シーツを握りしめた。ほぼ同時に、

「くっ……！」

と、功太郎も奥歯を食いしばっていた。

部長の膣がくいっ、くいっと太棹を締めつけてきたからだ。

「すごい。部長のオマ×コが締まってくる」

「そう？　何か、すごく気持ちいいの。こんなの初めてかもしれない……ねえ、動かしてみて」

そう言う玲子の顔は乱れ髪が張りついて、ととのった顔がぼぅと上気して、目も潤みきっている。

「行きますよ」

功太郎はすらりとした足の膝裏をつかんで押し広げ、体重を乗せた一撃を叩き込む。

しばらく女体には触れていなかったが、自転車と同じで一度女に乗ったその乗り方を、男は忘れないものらしい。

大きいから、抵抗力も強く、あまり速くは動かせない。そもそも激しくストロークすると、すぐに射精してしまうから、ゆっくりと決めている。

同じリズムで抜き差しすると、斜め上方を向いた膣と勃起の角度がぴたりと合って、

「ぁああ、ああああ……すごい。すごいよ……おかしくなる。頭がおかしくなる……ああ，これ……苦しいけど気持ちいいのぉ」

玲子が眉根を寄せたまま功太郎を見あげた。

「俺も、俺もいいです。うれしいですよ。こんなに良く言われたのは初めてです」

「他の女はわかっていないのよ。そんな女は無視すればいい。もっとこのウタマロに自信を持ちなさい」

「ああ、はい……」

「ええ……ねえ、このままわたしをイカせて。そうしたら、もっと自己肯定感が強くなるんじゃないかな」

「わかりました」

功太郎は膝裏をがっちりつかんで、太棹を打ちおろし、途中からすくいあげる。こうすると、亀頭部がＧスポットを擦りあげていき、奥のポルチオに届くのがわかる。

これなら、功太郎も玲子も気持ち良くなれるはずだ。

功太郎が抜き差しを繰り返していると、玲子の様子もどんどんさしせまったものに変わった。

「あんっ……あんっ……大きい。大きくて、一撃の衝撃が全然違う。軽量級のボクサーとはパンチ力が違うのね。ぁああ、もっと、パンチを打ち込んでよ。わたしをノックアウトして……そうよ、そう……あんっ、あん、あんっ！」

功太郎がつづけざまに打ちおろすと、パチン、パチンと音が撥ねて、太棹が深いところまで膣を串刺しにして、

「ぁああ、イクわ。ちょうだい。ちょうだい……あん、あん、あんっ……イク、イク、イクう！」

玲子が功太郎の腕を握って、顔をのけぞらせた。

たわわなオッパイがぶるん、ぶるるると縦揺れするのを見ながら、功太郎はこ

こぞとばかりに叩きつける。

もうそろそろ限界だった。

熱い暴風雨に巻き込まれようとしている。

「そうら、イクんです。イケぇ！」

駄目押しとばかりにつづけざまに深いストロークを叩き込んだとき、

「イク、イク、イキます……イクぅ……やぁあああああああ！」

玲子が嬌声《きょうせい》を張りあげ、大きくのけぞった。その白い喉元を見ながら、功太郎も放っていた。

美人部長の体内に精液を注ぎ込む、あり得ない僥倖《ぎょうこう》に酔いしれた。


功太郎が射精後の賢者タイムにたゆたっていると、玲子が身体を寄せてきた。

お世辞にも分厚いとは言えない胸板をしっとりとした手でさすりながら、他を見る玲子の目が光った。

「いいこと考えたわ。あなたにも悪い条件じゃないと思うの。聞いてくれる？」

「……はい、何でしょうか？」

「わたし、じつは仕事以外にも、美容コンサルトを主にしたサロンを定期的に開いているんだけど……現在、五十名の会員がいる。みなさん、社長夫人や政財界の有力者の配偶者などのセレブな方なの」

「ああ、そういう噂は聞いたことがあります」

「会社はそこで自社の商品を売ることで、認めてくれているわけ……セレブになるほどみなさん美容にはお金と時間を使うのよ。みなさん、いつまでもきれいでいたいから。でもね、そのサロンの会員でも、けっこうあれの相手がいなくて、困っている方がいるのよね」

「あれって、セックスの、ですか？」

「そう」

「だって、ほとんどが既婚者なんでしょ？　夫がいながら、それはないんじゃないですか？」

「バカね。この日本でどれだけの妻がご主人のセックスに満足していると思うの？　数割よ。欲求不満だらけ……それに、うちは独身女性もいるしね。満たされている方はほんの数割……それで、あなたと組みたいのよ」

「組むと、申しますと？」

「そのウタマロを活《い》かして、そのセレブ妻やキャリアウーマンを満たしてあげたいのよ。そうやって手なずけておけば、こちらにもいろいろと有利なの。もちろん、その紹介はわたしがする。あなたは、その巨根を活かして、セレブを満足させてあげればいいの。どう？　簡単なことでしょ？」

「セレブな方を抱くのはやぶさかではありません。ですが、俺なんかに勤まりますかね？」

「できるわよ」

「でも、大きすぎて嫌われませんか？」

「確かにね。そこは、巨根好きのセレブを選ぶから、大丈夫」

「でも、そのセレブが巨根好きかどうかなんて、わかりますか？」

「……大丈夫。わたしが上手く聞き出して、セレクトするから。ねっ、大丈夫よ。わたしに任せて」

玲子の右手がおりていき、太棹を触ってくる。亀頭冠を撫でられ、茎胴を握って、しごかれると、分身はたちまち力を回復する。

「あなたも営業部に戻りたいでしょ？　本当は今も営業でばりばり働いているはずだったのにね……椎名《しいな》喬司《きょうじ》にしてやられて、総務ですものね」

そうだった。

当時は、功太郎と椎名が営業成績のトップを競っていた。ずっと一番だった椎名を功太郎が抜いたときがあった。

その数カ月後の人事異動で、功太郎は総務部に移動になった。

椎名にしてやられたのだ。上にも人事部にもコネクションを築いていた椎名が裏で手をまわしたのだ。

「もし、この協力が上手くいったら、あなたを営業部に戻してあげてもいいわ。考えておいてね」

そう言った玲子の顔が布団のなかに潜っていき、いきりたつものが温かい口腔で包み込まれた。

第二章　取締役夫人をイカせろ

1

ホテルの部屋で、淑《しと》やかな令夫人が高価そうな着物の帯を解いている。

女性は藤堂美和子《とうどうみわこ》。

功太郎が勤めるM化粧品の関連会社の代表取締役夫人だが、年齢はまだ若く三十八歳。後妻らしいが、代表取締役はこの後妻をこよなく愛しており、彼女の言うことは何でも聞いてやっていると言う。

実際に会ってみて、功太郎にも取締役の気持ちがわかりすぎるほどにわかった。

細面だが、目鼻立ちはくっきりして、目は穏やかだ。スッと切れあがった唇がとても艶めかしく、この唇でフェラチオされたら、最高だろう。

（しかし、この淑やかな夫人が、デカチンじゃないと満足できないというのは、本当なのか？）

先日、功太郎は我が社随一の切れ者部長、浅見玲子とひょんなことでベッドインした。その後、玲子にそのウタマロを高く評価されて、あることを頼まれた。それは――。

玲子は有力者であるご主人のバックアップもあって、セレブ夫人や成功したキャリアウーマンが集まる美容サロンを開いている。そして、美和子はその中心メンバーのひとりなのだが、彼女には大いなる悩みがあるのだと言う。

『恥ずかしい話ですが、あそこがゆるすぎるのか、主人のものでは物足りなくて、イケないんです……ですから、一度でいいからイクということを体験したいんです』

そう美和子に相談されて、玲子はかねがねそれを気にしていたが、今回、功太郎とベッドインして、これだとピンと来たのだと言う。

『彼女をイカせて満足させてほしいの。そうしたら、彼女はもっとわたしになびいてくる。彼女の言うことをあのダンナは必ず聞く。つまり、関連会社を操《あやつ》ることができるってこと。あなたが上手くやってくれたら、わたしの力であなたを営業部に戻してあげる。本当は営業をしたいんでしょ？』

玲子にそう言われると、断れなかった。いや、むしろ嬉々《きき》として『やります！』と答えていた。

功太郎は営業に戻りたかった。そして、自分を窓際に追いやった椎名喬司に借りを返したかった。そのためには、まずはこの任務をやり遂げなければいけない。

シュルシュルッと衣擦《きぬず》れの音とともに帯を解き終えた美和子が、着物に手をかけた。

美和子は玲子に、『その方は巨根の持主だから、きっとあなたを満足させられる。それに、いい人だから身を任せても大丈夫。わたしが保証するから』と言われて、その気になっているのだ。

(うっ……ピンクの長襦袢《ながじゅばん》だ！)

功太郎は三十九歳にして、いまだ和服の女性を抱いたことはない。

美和子は背中を見せたまま、髪を解いた。すると、長い黒髪が枝垂れ落ちて、背中の途中で扇形《おうぎ》にひろがる。

(ううむ、色っぽい女だ。それに、品格がある)

功太郎はすでにブリーフだけになっていて、黒い布地を早くも分身が押しあげはじめる。

美和子が恥ずかしそうに両腕で長襦袢の襟元《えり》を隠しながら、近づいてきて、そっとベッドにあがり、背中を向けて横になる。

(羞《は》じらいがあって、いい女じゃないか)

功太郎もベッドにあがって、美和子の後ろに張りついた。

「想像よりずっときれいな方だ。それに、色が白くて肌もきめ細かい」

背後からそう囁《ささや》いて、長襦袢越しに肩から二の腕へかけて撫でおろすと、それだけで、

「んっ……！」

美和子はびくっと震えて、

「ゴメンなさい」

と、謝ってくる。

「謝らなくていいんです。感じてもらえれば、男だって嬉しいんです。それに、こうやって……」

長襦袢の袖《そで》をまくりあげて、腕をすーっとなぞりあげると、

「あああん……」

美和子は敏感に反応して、顔をのけぞらせる。

肌はすべすべでひとつも引っかかるところがない。それに、すごく敏感な身体をしている。これだけ感じて、膣でイケないというのが不思議でしょうがない。よほど、あそこがゆるいのだろうか？

だとしたら、可哀相すぎる。

袖の下にある切れ目、身八つ口から手をすべり込ませると、すぐのところに乳房が息づいていて、指先が中心の突起に触れた途端に、

「あん……！」

美和子はぎゅっと腋を締めて、功太郎の腕を挟み込んだ。

「いやですか？」

「ゴメンなさい。ごく自然に……ゴメンなさい」

「謝る必要はないですよ。力を抜いてください」

「はい……」

よほど育ちがいいのか、美和子は三十八歳になっても素直で謙虚だ。もしかして、イケないことで負い目を感じているのかもしれない。

(イカせたいな。イッてほしい)

功太郎もひさしぶりに玲子とセックスをしたが、その前は長い間、女ひでり

だったから自信はない。だが、ここはやるしかない。

（もっと感じてくれ！）

そう願いながら、乳房を揉みしだく。柔らかくてたわわだ。それにすべすべだ。中心の突起を捏ねると、

「あっ……あっ……ぁあああ」

感じるのだろう、美和子が尻を後ろに突き出してきた。

長襦袢に包まれた尻に、股間をぐいぐい擦られて、イチモツにどんどん血液が流れ込んでいる。

七、八分の勃起だろうか。しかし、もうすでに亀頭部はブリーフの上端から顔をのぞかせはじめている。

そこで、美和子の手をつかんで、後ろにまわさせて、イチモツに触れさせてみた。

と、その長大さを感じ取ったのか、美和子はおずおずと身体をまわして、下腹部のそれを見た。

功太郎がブリーフをおろしたので、ウタマロが頭を振って飛び出してきて、それを目にした美和子が一瞬にして凍りついた。

2

八インチ砲を目にして、目を丸くしている美和子に、

「どうしました？」

わかっていて訊《たず》ねると、美和子は、

「すみません。こんな大きなおチンチンは初めて見たので、ちょっと……」

もじもじして、顔をそむけた。

「じゃあ、もっと触ってみますか？」

功太郎は全裸で、ベッドに仰向けに寝る。

美和子はしばらく迷っているようだったが、やがて、真横から手を伸ばして、
おずおずと屹立を触り、ついには握り込んできた。

ゴクッと生唾を呑む音が聞こえたような気がした。

「大きいですか？」

「ええ……大きい」

「いいですよ。もっと触って」

美和子は功太郎の伸ばした足の間にしゃがみ、ゆっくりと握り、しごいてきた。

黒髪が垂れかかる色白の顔が今は仄かに桜色に染まり、心なしか息遣いも速くなっているように感じる。

「あの……舐めてもかまいませんか？」

美和子が黒髪をかきあげて、見あげてきた。

「もちろん……舐めても、咥えてもお好きなように」

功太郎としても、こんなきれいな人のフェラチオなら喜んで受ける。

美和子は黒髪をかきあげて片方に寄せ、顔を傾けて、ハーモニカでも吹くように、裏筋に沿って唇を走らせる。途中で止めて、ちろちろと舌をからませてくる。

それから、また唇と舌を自在に上下に動かす。

（う、上手いじゃないか！）

考えたら、当然かもしれない。歳の離れた取締役夫人で、六十七歳の夫が彼女に首ったけ。しかも、膣ではイケないと言うのだから、フェラチオで夫をめろめろにしている可能性は高い。

それから美和子は顔をまっすぐに立てて、睾丸の付け根から裏筋をツーッ、ツーッと舐めあげてくる。

その間は、いきりたつ男根をもう片方の手で腹部に押さえつけていて、舌が亀頭冠に達すると、押さえる場所を変えて、裏筋の発着点をちろちろっと集中的に攻めてきた。

その様子をもっと見たくなって、功太郎はホテルの大きな枕を頭の下に置く。これでずっと見やすくなった。

「あの……できたら、長襦袢をもろ肌脱ぎして、オッパイを見せていただけませんか？」

丁重に頼むと、美和子が言った。

「そうしなくてはいけませんか？」

「できたら……」

美和子はいったん上体を立てて、桜色の光沢《こうたく》のある長襦袢の袖を片方ずつ抜き、ついには両腕を抜いた。すると、桜の花びらが散ったように、はらりと長襦袢が落ちて、腰紐で止まり、美しい上体があらわになった。

目を見張るほどの、たわわで形のいい乳房だった。

大きなお椀を伏せたような形で、透きとおるようなピンクの乳輪から赤く色づいた乳首が可憐《かれん》にせりだしている。

「いや、恥ずかしいわ」

美和子が両手で胸のふくらみを覆った。

「いやいや……すごくきれいですよ。透きとおるようだ」

「お世辞はいいです」

美和子ははにかんだ。

おそらく、自分が膣でいけないことにコンプレックスを抱いていて、そのせいで自分の肉体に自身が持てないのだろう。こんなに人も羨《うらや》むような素晴らしいボディをしているのに。

美和子がぐっと顔を寄せてきた。

猛《たけ》りたつ太棹の根元を握り、裏筋の発着点にちろちろと舌を走らせる。

「どうですか？」

「太くて、よく握れないわ……知らなかった。こんなに大きなあれがあるなんて……」

「ご主人のものは？」

「この……は、半分くらいです」

「それでは、物足りないのは当然ですよ。ご自分に自信も持ってください。美和子さんはとても敏感だし、フェラも上手ですよ……どうぞ、もっと咥えてください」

美和子はためらいを吹っ切るように、亀頭部に上から唇をかぶせてきた。

口紅のぬめるぼっちりとした小さな唇をおずおずとひろげて、矢印形をした亀頭部をカリまで含んで、いったん吐き出し、

「こんな太いのは初めてです」

顎の付け根が痛むのだろう、そこを押さえる。

「大丈夫ですよ。俺の場合、カリが張っていて、そこが一番太いから、そこさえ突破したら、あとは簡単に咥えられます」

「やってみます。できなかったら、ゴメンなさい」

そう言って、美和子がまだおずおずと唇をかぶせてきた。

頑張ってカリを含み終えたところで、いったん動きを止めて、肩で息をする。

それから、ゆっくりと静かに顔を振りはじめた。

深くは咥えず、途中まで頬張って、そこから引きあげる。

賢いやり方だった。

美和子の指もおずおずと動きはじめた。顔の上下動に合わせて、根元を握りしごく。

最初は弱かった握りが徐々に強くなって、唇を上下に往復させながら、同じリズムで力強く擦ってくる。これは効いた。

「ああ、すごい。気持ちいい……おチンチンが蕩《とろ》けてく……上手ですよ。おおう、すごい！」

褒《ほ》めると、気をよくしたのか、美和子は指を離して、口だけで頬張ってきた。

一気に根元まで唇をすべらせようとして、切っ先で喉を突かれたのだろう、飛び退《の》いて、

「ぐふっ、ぐふっ……」

激しく噎せた。

一瞬にして、涙目になっている。

「ゴメンなさい」

美和子がまた謝ってくる。

「いいんですよ。無理なさらなくても……先っぽだけでも充分に気持ちいいん

ですから」

言うと、美和子がふたたび唇をかぶせてきた。

指示されたとおりに、亀頭冠とそのやや下までを口に入れ、ぽっちりした唇を巻きくるめるようにして、小刻みに顔を打ち振る。

同時に、太棹を握りしめて、五本の指でぎゅっ、ぎゅっと強くしごいてきた。

「ああ、それだ。充分、気持ちいいです」

気持ちを伝えると、美和子は見あげて、目で微笑んだ。

それから、史朗の伸ばした右足をまたぎ、柔らかな恥毛を擦りつけてくる。

腰にまとわりついたピンクの長襦袢の裾が割れて、真っ白な太腿がのぞいていた。

柔らかく量感あふれる乳房も太腿に触れて、そこも気持ちいい。

美和子がまたウタマロに唇をかぶせてきた。

今度は頑張って、途中まで口に含み、

「んっ、んっ、んっ……」

一途に顔を振りながらも、乳房と陰毛を足に擦りつけてくる。猫の毛みたいにさらさら、ふわふわの纎毛《せんもう》の底には、潤んだ部分があって、史朗の脛《すね》が濡れた。

それをしばらくつづけていくうちに、美和子の長襦袢のまとわりつく腰が物欲しそうに揺れはじめた。

我慢できなくなったのか、美和子か太棹を吐き出して、言った。

「あの……そろそろよろしいですか？」

「えっ……？」

「入れてもらっていいですか？」

「も、もちろん。でも、いきなり俺が上になると、たぶん、痛いと思うので、美和子さんが上になったほうがいいと思います」

「……わかりました」

美和子は腰紐を解いて、長襦袢を肩からすべり落とした。

白足袋だけをつけた女体は、色白でむっちりとして、乳房も尻も豊かで、長い黒髪が乳房や肩に散り、むんむんとした色気が滲《にじ》んでいる。

美和子がまたがってきた。

片膝を突いて、デカマラを漆黒《しっこく》の翳りの底に擦りつけて、

「あああ、すごい。これだけで気持ちいい」

うっとりと眉根をひろげた。

驚いたのは、すでに花園がぬるぬるに濡れていたことだ。

(そうか、フェラするうちに期待感で濡れたのか……よほどウタマロをぶち込んでほしいんだな)

美和子が立てていた膝をおろしながら、沈み込んできた。

切っ先がとても窮屈な入口を押し広げていき、途中まで潜り込んだそのとき、

「無理……!」

美和子が腰を浮かして、いやいやをするように首を振った。

3

挿入しようとして叶わなかった美和子の足をつかんでひろげ、功太郎は翳りの底にしゃぶりついた。

きれいに長方形にととのえられた繊毛が流れ込むあたりを、丁寧に舐める。

さっき合体が叶わなかったのはここの濡れが足らなかったと判断したのだ。

愛蜜だけでは足らない。べとべとになるまで舐めないと。

だが、こうも思っていた。

あれで合体できなかったのは、美和子の膣がゆるくはないということだ。つまり、主人の専務取締役のあれのサイズの問題だろう。

美和子の肉びらはふっくらとして肉厚で、狭間《はざま》の粘膜もピンクにぬめ光っており、いかにも具合が良さそうだ。

功太郎は陰唇の狭間に舌を走らせ、上方の肉芽をちろちろと舌であやす。

「んっ……んっ……」

と、美和子は声を押し殺している。おそらく、じかに舐めたほうが感じるのだろう。功太郎が包皮を剥いて、直接本体を舐めると、

「あああああ……いいのぉ。くっ、く……」

美和子はびくん、びくんと身体を揺らす。

(よしよし、思ったとおりに感度が高い。もっとだ……)

功太郎は左手で包皮を引きあげ、剥き身を舌であやす。そうしながら、右手の中指で膣口をぬるぬるとなぞってやる。

すると、これが効いたのか、

「ああ、そこ……そこされると欲しくなってしまう」

美和子がぐいぐいと下腹部をせりあげてくる。

ならばと、功太郎は中指に力を込めた。すると、ごつい中指が狭い入口を突破して、ぬるぬるっと嵌まり込んでいき、

「はうぅうぅ……！」

美和子が顎をせりあげる。

（おおぅ、締まってくる！）

第二関節まで押し込んだ中指を、熱い肉路がぎゅ、ぎゅっと締めつけてくる。それればかりか、粘膜がうごめいて、中指を奥へ奥へと吸い込もうとする。

（おいおい、これでゆるいなんて、誰が言ったんだ？）

功太郎は指を使って、膣内を揉みほぐし、ひろげていく。上方の壁を指で叩き、擦ると、

「ぁああ、気持ちいい……気持ちいい……ぁああ」

美和子がこれまでとは違う、甘えたような声を出した。

そして、膣のなかはどんどん蕩けてきて、潤滑性が増している。

（よし、そろそろ入るだろう）

功太郎は指を抜き、もう一度仰向けに寝た。この方が、美和子が自分で調節

できるはずだ。

「もう一度、お願いします」

頼むと、美和子がまたがってきた。

さっきと同じように、むっちりとした太腿をM字に開き、いきりたつものを翳りの底に擦りつける。明らかにさっきより濡れ具合が増して、とろとろ感が強い。

それから、美和子は屹立を導いて、慎重に沈み込んでくる。

切っ先が窮屈なところを突破していき、美和子は「くうぅ……」とつらそうに眉根を寄せて、呻《うめ》いた。

「大丈夫ですか？　無理をなさらなくていいんですよ」

「大丈夫ですから……このくらい……」

美和子は歯を食いしばりながら、腰をおろしてきた。

亀頭部が狭い肉の道を途中まで押し広げていく確かな感触があって、

「ああうぅ……苦しいわ」

半分ほど挿入したところで、美和子が今にも泣き出さんばかりに、眉をひそめた。

「抜きましょう」

「抜かないで……！　大丈夫。ぁあああ、あうぅぅ」

美和子は必死にウタマロをおさめようとしている。美和子が体重をすべて尻にかけたので、その重さで太棹がぐぐっと根元近くまで嵌まり込んでいって、

「はぁあああ……！」

美和子は真っ白な喉元をさらして、のけぞり返る。がくん、がくんと震えている。

「まだ、根元までは埋まっていませんよ」

「はい……ぁああ、はうぅぅぅぅ！」

二十センチ砲を根元まで呑み込んで、美和子がまっすぐに上体を立て、

「ぁあああ……オッキぃ」

顔をのけぞらせながら、言う。

「きついですか？」

「はい、きつい……でも、いい。いいの……デカチンが押してくる感じがたまらない。ああ、苦しい。苦しいけど気持ちいい。圧迫感がすごいのよ」

あからさまなことを言って、美和子が自ら動きはじめた。

両膝をぺたんとシーツに突いたまま、静かに腰を前後に揺すっては、

「ぁあぁ……ああああ……すごい、すごい……押してくる。押してくるのよ」

さしせまった声を放つ。

何とも淫らで美しい姿だった。見るからに上品な令夫人が、男にまたがって、大胆に腰を振っている。

色白の肌がところどころ朱に染まり、美和子は形のいい乳房を自らつかんで揉みあげる。長い黒髪が肩や乳房に散って、全身が連動してくねっている。

美和子が両手を功太郎の開いた太腿に突いて、後ろに反《そ》った。

むっちりとした足をM字に大きく開いて、まるで見せつけるように腰を揺すりあげる。

「ぁあぁ、恥ずかしい。見えているでしょ？」

その声は羞恥《しゅうち》に満ちながらも、どこか陶酔したさまがうかがえる。

「ええ、見えています。ブッといおチンチンがあなたのオマ×コに入り込んでいます。オマ×コが壊れてしまいそうなほどにぎりぎりに張りつめている」

「ぁあぁ、いやいや……苦しいの、気持ちいいの……ぁあぁ、見ないで」

美和子はすっきりした眉を八の字に折り、腰を前後に揺すって、濡れ溝を擦

りつけている。二人の恥毛が触れて、あふれでた蜜が功太郎の陰毛を濡らす。

その姿は巨根を初めて受け入れた歓喜にあふれている。

しばらくして、美和子が上体を起こした。

それから、両膝を立てて開き、意を決したように腰を上下に振りはじめた。

やや前傾して、尻を振りあげ、頂点から振りおろしてくる。

一杯一杯に太棹を膣が咥え込んでいるので、あまり激しくは動けていない。

それでも、美和子が歯を食いしばりながら、自暴自棄《じぼうじき》のように腰を上下動するので、うねりあがる快感に、功太郎も「くっ」と唸《うな》りながら、暴発を必死にこらえた。

「あん……あんっ……あんっ！」

切っ先が奥の子宮口を打つたびに、美和子はあまさしいほどの声をあげる。

功太郎は両手を前に伸ばして、美和子の尻を下から支え、動きを助けてやる。

すると、それでいっそう動きやすくなったのか、美和子は激しく腹の上で撥ねる。

乳房も髪も一緒に踊る。

いきりたつ八インチ砲がズブ、ズブッと翳りの底に姿を消して、現れる。

それをしばらくつづけていた美和子が、

「あっ……！」

がくがくっと震えながら、前に突っ伏してきた。

「イッた？」

訊《き》いてみた。

「もう少しで……でも、つづけていたらイッていた。でも、わたしの体力が持たなかった。ゴメンなさい」

美和子が事実を話してくれる。よく謝る女性だが、そういう女は嫌いではない。

「いいんだ。それで……」

功太郎が髪を撫でながら、下からつづけざまに突きあげると、

「あん、あん、あんっ……」

美和子が甲高い声で喘いで、ぎゅっとしがみついてきた。

4

功太郎は美和子をベッドに仰向けに寝かせて、膝をすくいあげる。

美和子の濡れた肉びらはいまだ閉じきらずに、真っ赤に充血した内部の粘膜をのぞかせている。

(やはり、きつかったか……しかし、あそこまで行ったんだから、もう少しで……)

功太郎は猛りたつものを慎重に押し込んでいく。

さっきよりずっとスムーズに入った。やはり、女性のあそこは伸縮性があって、男性器に馴染《なじ》んでくるのだ。

「うあっ……!」

と、美和子がシーツを鷲《わし》づかみにして、顎を突きあげた。

「きついんだね?」

「はい……でも、大丈夫。だいぶ楽になった」

美和子の表情から、それが嘘でないことがわかる。

功太郎は膝を離して、女体に覆いかぶさっていく。

唇を重ねると、最初は戸惑っていた美和子も徐々に活発に舌を動かすようになって、最後はねっとりと舌をからめてくる。

すると、膣もうごめくように太棹にまとわりついてきて、功太郎もぐっと性感が高まった。

キスをおろしていき、乳首を舌で転がした。たわわなふくらみを揉みしだき、首を折り曲げて突起を舌先で突つき、吸う。

「ぁああ、いいの……感じます。わたし、今すごく感じてる。ああ、初めて。こんなになったの、初めて……ぁああ」

美和子がぐぐっと顎をせりあげる。

カチカチになった乳首を指でつまみ、捏ねながら、功太郎は腰を使った。

「あん、あんっ、あんっ……」

美和子が心から感じているという声をあげる。こうなると、美和子の膣は寛《くつろ》いでゆるい感じになった。

女性は感じてくると、子宮がふくらむと言う。美和子の場合、それが膣にも及び、相手はゆるく感じてしまうのだろう。

だが、功太郎の分身はデカチンだから、こういう場合は有利に働く。膣が寛いでも、それに対応して、擦りあげることができる。

腕立て伏せの形で、美和子の様子を見ながら、打ち込んでいく。

「あん、あんっ……ぁあああ、気持ちいい……気持ちいい」

美和子が陶酔したような声をあげる。

太棹の根元がクリトリスを巻き込むようにして、体内をうがっているのだ。

その体勢でストロークをつづけていると、美和子の様子が逼迫《ひっぱく》してきた。

「ぁああ、へんよ、へん……イクかもしれない。イクんだわ、きっと……」

そう言って、功太郎の腕にぎゅっとしがみついてきた。

「いいんですよ。イッて……」

功太郎は同じ姿勢で徐々にピッチをあげていく。

「あん、あん、あんっ……ぁあああ、へんよ、へん……」

「そうら……」

功太郎がたてつづけに打ち込むと、

「ぁあああああ、はうッ！」

美和子は腕をつかんでいた手でシーツを鷲づかみにして、大きくのけぞり返った。

しばらくその姿勢でのけぞっていたが、やがて、がくん、がくんと痙攣《けいれん》をはじめた。

(イッたな……！)

功太郎がそのままじっとしていると、美和子の腰が静かに動きはじめた。

「……まだ、したいんだね？」

「ええ……したい」

そう言う美和子の表情は少女のように無垢《むく》だ。

「初めてイッたんだね？」

「ええ……もっとイキたくなった。もっと、もっと……」

「あなたは本当はとても貪欲な人なんだね」

「……はい、恥ずかしいわ」

美和子が頬を赤らめる。

功太郎は上体を立て、美和子の両膝の裏をつかんで、開かせて、ぐっと押した。

すると、尻がわずかに持ちあがり、勃起と膣の角度がぴたりと合って、結合が自然に深まった。

「そうら、奥まで入っているよ。枕を使って見てごらん」

美和子が枕を頭の下に置き、顔を持ちあげて、こちらを見た。

功太郎がさらに膝を押さえつけたので、尻の位置があがり、太棹が突き刺さっているところがはっきりと見えた。それは、美和子の視界にも入っているはずだ。

「見える？」

「ええ、見えるわ」

功太郎がかるく抜き差しをすると、野太いものが翳りの底をずぶずぶと犯していく様子がはっきりとわかった。

「すごくよく見えます……ぁああ、可哀相。わたしのオマ×コ、可哀相……こんなに大きなおチンコ犯されて……ぁああ、ぁあああ、気持ちいい！」

「もっと奥に欲しい？」

「はい……突き刺してください。子宮を突き刺してください」

「こうしたら、もっと深く入るよ」

功太郎は美和子の足を肩にかけて、ぐっと前に体重を乗せた。

美和子の腰が鋭角に折れて、功太郎の顔の真下に美和子の顔が見える。そこまで激しく折り曲げられている。

すでに、亀頭部が子宮口を押しているから、美和子はこれまで味わったことのない快感を味わっているはずだ。

功太郎はその姿勢で上から打ちおろしていく。餅搗《もちつ》きの杵《きね》が臼《うす》を叩くように振りおろされていき、奥にぶち当たって、

「あぁああんっ……！」

美和子が凄絶《せいぜつ》な声とともに、顎を突きあげた。

奥のほうの扁桃腺《へんとうせん》に似たふくらみが亀頭冠にからみついてきて、功太郎もぐっと高まる。

美和子はもうどうしていいのかわからないといった様子で、シーツを鷲づかみにして、顔を左右に振りながらも、白足袋に包まれた足の親指をぎゅうと折り曲げて、快感をあらわにする。

つづけざまに振りおろすと、

「あん、あん、あん……ダメっ。また、イッちゃう」

「いいんだよ。イッて」

功太郎が渾身《こんしん》の力で抜き差しをすると、

「イク、イク、イキます……いやぁあああぁ！」

美和子が嬌声を張りあげ、その直後に功太郎も男液をしぶかせていた。

第三章　ツンデレ・キャリアウーマン

1

ベイエリアに建つタワーマンションの高層階で、槙村功太郎はブリーフ一枚の格好《かっこう》で、高級感のある絨毯《じゅうたん》に正座していた。

その前のソファには、きりっとした美貌の小林瑞季《こばやしみずき》がすらりとした美脚を組んで、功太郎を見おろしている。

小林瑞季は二十八歳でアパレル会社を立ちあげて、代表におさまっている。自分でデザインも縫製もできる才媛である。

浅見玲子の主催する美容サロンでも、その若さとモデル級のプロポーションは目立っていた。

先日、功太郎は玲子から二回目の指令を受けた。

『あの子、最近、調子づいて生意気だから、懲《こ》らしめてあげて。セフレとして奴隷ちゃんが欲しいと言っていたから、あなたを推薦しておいた。間もなく連絡があると思う。最初は奴隷ちゃんとして振る舞って、その巨根であの子を懲らしめてやりなさい。この前、黒人のペニスを見るとぞくぞくしちゃうと言っていたから、きっとあなたのデカチンを気に入ると思うのよね。そうしたら、とことん犯してあげて。自分が女であることを思い知らせてあげなさい。それが彼女のためにもなるから』

そう言われた翌日に、瑞季から連絡があって、もちろん功太郎はそれを受けた。

玲子部長には、任務を果たせば営業部に戻すと言われている。それに、功太郎は最近、美容サロンのパーティにも付き添いとして参加しているのだが、小林瑞季の才媛ぶりには大いに魅力を感じていた。

「あなた、本当にわたしの奴隷ちゃんが務まるんでしょうね？　玲子さんの推薦だから、間違いはないと思うけど……」

瑞季が言って、足をゆっくりと組み換えた。

長い足には太腿までの黒の網ストッキングが張りつき、ガーターベルトが縦に走り、その奥には燃えるような真紅のハイレグパンティが雌芯に食い込んでいた。

「いやね、今、見たでしょう？　奴隷の分際で女王様のアソコをいやらしい目で見るとは、自分をわきまえなさい。返事は！」

「はい……すみませんでした」

「……こっちへ。女王様の足を舐めなさい」

「はい……！」

功太郎は、組まれて上になっているほうの足をつかんで、舐めようとした。

「ダメ。奴隷ちゃんが手を使うなんて、百年早いわ。口だけで舐めるの。ほら、まずは足の裏から」

瑞季が上になっている右足首を立てて、直角にした。

功太郎は網ストッキングに包まれている足の裏を丁寧に舌でなぞりあげていく。

網目のざらつきが刺激的で、嫌悪感はない。おそらく、相手が才色兼備な美人だからだろう。この女性相手なら、ご奉仕をしてもまったく屈辱は感じない。

そういう女がたまにいる。今、功太郎が仕えている浅見玲子もそのひとりだ。

踵《かかと》から土踏まずにかけて舐めながら、瑞季を見た。

瑞季は今BGMとして流れている音楽が気に食わなかったのか、リモコンで選曲を変えた。

細面《ほそおもて》だが、くっきりとした顔立ちで、目は大きくて目力がある。長い髪を後ろでポニーテール風に結んでいて、それが女王様の威厳のようなものを与えていた。

黒のハーフカップのブラジャーがたわわな乳房を持ちあげていて、長い腕には長手袋を嵌めている。

「何よ？　さっきからじっとわたしを見て……気づいていないと思っているの？」

「す、すみません。あまりにもおきれいなので……」

「わたしがきれいなのは、お前に言われなくてもわかっているわよ。女性は毎日、鏡と向き合っているの。自分の美意識にかなう顔にしているの。お前のような醜男にはわかないでしょうけど……ほら、ボーッとしていないで、きちんとお舐め！」

瑞季の目がぎらりと光った。

功太郎はその眼光にすくみあがりながら、足裏を舐めあげていき、そのまま親指を頬張る。

唾液が網ストッキングに吸い取られていく。フェラチオでもするように吸い込み、かるくストロークをする。

「いいわよ、その調子……やればできるじゃないの」

瑞季は艶然《えんぜん》と微笑み、それから、足を大きく開いた。

(ああ、これは……！)

真紅のパンティの細くなったクロッチが、裂唇に深々と食い込んで、左右のぷっくりとした肉びらがはみだしていた。

「どこを見ているの！」

ふたたび叱責が飛んできて、功太郎はあわてて目を伏せる。

「本当にスケベな奴隷ちゃんね。あれが大きくなって、はみだしているわよ」

瑞季が左足を伸ばして、功太郎のブリーフを持ちあげている太棹を足指で挟むようにしてなぞった。

「カチカチじゃないの。んっ……？」

瑞季がギョッとしたような顔をして、言った。

「そのまま立ちあがって、お前のオチンポを見せなさい」

「ああ、はい」

来た、来た、来た！　と内心で快哉《かいさい》をあげながら、功太郎はゆっくりと立ちあがる。

黒いブリーフを勃起が持ちあげて、その上端から亀頭部と裏筋が顔を出している。

「何よ、これ？」

瑞季がソファに座ったまま、そこにロンググローブをつけた手を伸ばし、その大きさを計るように触って、

「やけに大きいわね」

睾丸から肉棹をなぞりあげていたが、やがて確かめたくなったのか、ブリーフをぐいと膝まで押しさげた。

おろしたはなから重そうな頭を擡げてきた二十センチ砲を見て、瑞季がハッと息を呑むのがわかった。

「あり得ない」

感嘆して、その大きさを確かめるように巨根を握ってきた。指がまわりきらないのを知って、

「何よ、この太さは！」

ととのった顔を引き攣《つ》らせて、功太郎を見あげてきた。

2

「何で、指がまわりきらないのよ？」

瑞季が功太郎の巨根を眩《まぶ》しそうに見つめた。

「立っていなさい」

そう命じて、瑞季は黒の長袋をつけた両手の指で太棹を握る。

「あり得ない。両手で握っても、まだ余ってるじゃないの」

驚嘆の声を洩らし、手袋を脱いだ。

素手でゆったりとしごきはじめる。赤くマニキュアされた長い指がじかにからみついていて、功太郎はぐっと快感が高まる。

やはり、玲子が言っていたように瑞季は巨根が好きなのだろう。目がきらきらしている。

「咥えられるかしら？　ちょっとやってみていい？」

その豹変《ひょうへん》ぶりに驚きながらも、功太郎は答える。

「もちろん、やってください」

すると、瑞季は口を亀頭部に添えて、大きく開き、亀頭部を頬張ろうとする。

「無理……！」

苦しげに言って、首を左右に振ったが、すぐにまた挑んできた。

ルージュのぬめ光るきりっとした唇をいっぱいにひろげ、つらそうに眉を八の字に折りながらも、強引に唇をかぶせてくる。

途中まで口におさめ、肩で息をしながらも、見あげてきた。

『ほら、できたでしょ？　このくらいは平気よ。わたしを見くびらないで！』

きっとそんなことを言いたいのだろう。

大きな目でじっと功太郎を見あげながら、先端に唇を往復させ、根元を握りしごく。

「ぁああ、気持ちいいです。女王様……」

功太郎が言うと、瑞季はにこっとして睾丸を持ちあげるようにして、やわやわとあやした。それから、いきなり、ぎゅっと潰《つぶ》そうとする。

「あっ、くっ……！」

睾丸に激痛が走り、功太郎は気持ち悪くなった。

すると、勃起がゆるみ、咥えやすくなったイチモツを、瑞季がかなり根元まで頬張ってきた。

口を一杯に開けた状態で、激しく顔を打ち振る。すると、その快感でまたエレクトしてきた。

苦しくなったのか、瑞季はちゅるっと吐き出して、

「とんでもないデカチンね。そうか……玲子さん、この巨根を知っていながら、あなたを奴隷ちゃんと偽って指名させたのね。あの人らしい……わたしを懲らしめたかったのね。あの人、最近わたしを目の敵《かたき》にしているから。でも、負けないわよ。受けて立とうじゃないの」

やはり瑞季は頭が切れた。玲子の作戦を見抜いたのだから。

「来なさい！」

瑞季に命じられて、功太郎は隣室のベッドに連れていかれた。クィーンサイズベッドの上に功太郎は仰向けに寝かされる。

瑞季はそこでハーフブラを外した。形のいいDカップほどの美乳が誇らしげに隆起して、ツンと尖《とが》った乳首がいやらしい。

さらに、パンティも脱ぐと、ベッドにあがった。功太郎の腰をまたぎ、すっ

くと立って、上から見おろしてくる。

太腿までの網ストッキングが美脚を包み込み、それを黒いガーターベルトが吊っている。身につけているのはそれだけで、ギリシアの彫刻みたいな見事なプロポーションに目が釘付けにされる。

瑞季はそこで髪止めを外して、頭を振った。すると、長い黒髪が躍って、背中の半ばまで枝垂れ落ちた。

瑞季は肩のあたりまで移動してきて、しゃがみ込み、

「ほら、舐めて……早く！」

下腹部を擦りつけてくる。

漆黒の翳りは天然のまま台形に生い茂り、そのモジャモジャした縮れ毛が野性的だった。

功太郎は無我夢中で舌をつかった。瑞季のそこは甘い香水のフレグランスがした。だが、陰唇の内側はぬめっていて、赤い粘膜はプレーンヨーグルトの味がする。

狭間を舐めて、そのまま上方の肉芽を舌でピンと撥ねると、

「あんっ……！」

瑞季が初めて女の声をあげた。

(感じるじゃないか……そうか。女王様気質だけど、女体は開発されているんだろうな)

それがわかって、功太郎も俄然やる気が湧いてきた。

感じさせてやろうと、クリトリスを吸った。チューッと吸い込んで、吐き出すと、

「あんっ……！」

瑞季はがくんと肢体を揺らした。それから、自分から擦りつけてくる。

ぎゅっと上から体重をかけられて、功太郎は息ができなくなる。

「ううっ……！」

思わず太腿をタップすると、瑞季は尻を浮かせてくれた。

それから、瑞季は半透明の液体の入った小さなチューブを取り出して、シックスナインの形になった。

チューブからローションをとろっと手のひらに垂らして、それを肉棹に塗りつける。

ローションですべりのよくなった手のひらでちゅるり、ちゅるりと太棹をし

ごかれると、功太郎は一気に高まってしまう。

「こうしておけば、おしゃぶりするのも、入れるのも楽でしょ？　愉しませてあげるから、お前はわたしのアソコをたっぷりと舐めて、ご奉仕するのよ」

瑞季が勃起にローションを塗り伸ばしながら、しごいてくる。

これは効いた。

ちゅるり、ちゅるりとなめらかな指が適度な圧力でもって、分身をすべり動くと、一気に熱い性感が高まってくる。

「何してるのよ。奴隷ちゃんでしょ？　ご奉仕なさい。早く！」

功太郎は自分の使命を思い出し、頭の下に枕を入れて、目の前の花肉にしゃぶりついた。

そこはすでにとろとろで、さっきより色が濃くなり、蜜の分泌も多くなっている。

粘膜を舐めあげ、さらにクリトリスに吸いついた。吸っては吐き出しを繰り返し、明らかに大きくなった肉芽の包皮を剥いて、じかに舌で上下左右に撥ねると、

「んんっ、んんんんっ……ああ、もうダメっ！」

瑞季がくなっと腰をよじって、身体を起こした。

3

瑞季は立ちあがって、向かい合う形で功太郎の腰をまたいだ。

下から見あげる瑞季のボディは、まさにモデル級で、胸も尻も発達していた。脂肪とともに筋肉も適度についている感じだ。

ジムに通っていると言っていたから、適度な筋トレもしているのだろう。

瑞季はその抜群のプロポーションを見せつけるように上から微笑み、ゆっくりとしゃがんだ。

片膝を突いて、いきりたつ太棹を濡れ溝に擦りつけ、馴染ませると、慎重に腰を落としてくる。

きついのか、「くっ」と奥歯を食いしばった。

下を向いて、自分で左右の陰唇を持ってひろげた。それから、沈み込んでくる。

ローションですべりが良くなった巨根が、膣口を押し広げていき、とても窮

屈な肉の道をこじ開けていって、

「うあああ……！」

瑞季がつらそうに顔を撥ねあげた。きりっとした美貌が今は泣き出さんばかりにゆがんでいる。

「ぁああ、大きい……これ以上は無理……」

そう弱音を吐きながらも、瑞季は自分の体重をかけた。

すると、イチモツがさらに奥まで潜り込んでいって、亀頭部が子宮口に届き、

「あはっ……！」

瑞季の上体が一直線に伸びる。長い太棹がほぼ見えなくなるまで膣に嵌まり込んでいた。

(すごいな……俺のを根元まで呑み込むなんて)

やはり、ローションの効果はあるのだろう。

驚いたのは、瑞季が自分から腰を振りはじめたことだ。ほとんどの女性は受け入れるだけで精一杯なのに、瑞季は敢然として、腰を前後に打ち振るのだ。

両膝をぺたんとシーツについていて、くびれた腰から下をぐいっ、ぐいっと前後に揺すって、膣粘膜を擦りつけては、

「くっ……くっ……ぁああ、大きい！」

つらそうに眉根を寄せた。だが、怯《ひる》まずにますます激しく腰を振って、言った。

「ぁああ、ああ……初めてよ。こんなの初めて……チンポの先が子宮を押しあげてくる。奥を擦りあげてくるのがわかる。ぁああ、すごい、すごい……苦しい！」

「抜きましょうか？」

「バカね。そういう意味じゃないのよ。だいたい、これごときのデカチンに降参するわけがないわ。わたしを舐めないで！」

上からきりりと見据えて言い、瑞季は両膝を立てた。

M字開脚の姿勢で、スクワットでもするように腰を引きあげていき、そこから落とし込んでくる。

ローション効果に滲《にじ》み出た愛蜜がプラスされて、いっそうすべりやすくなっているのか、抜き差しがスムーズだ。

それに、ジムの効果が出ているのだろう。瑞季は男でも苦しむスクワットを楽々とこなす。

腰を落としたとき、亀頭部が子宮口に届いて、

「あんっ……！」

瑞季はやけに女っぽい声をあげて、がく、がくと痙攣した。それから、歯を食いしばって腰を引きあげ、トップからまた落とし込んでくる。

デカマラが奥に激しくぶち当たって、

「ああん……！」

瑞季は凄艶な声を洩らす。

網ストッキングに包まれた太腿をぶるぶるさせて、顎をせりあげている。

相当感じているはずだ。

昇りつめそうになっているのを懸命に我慢している感じだ。

垂直ピストンはマズいと感じたのだろう、瑞季は両手を後ろにある功太郎の太腿に突いて、のけぞった。

ものすごい光景だった。

大きくM字開脚されたすらりとした足の付け根に、功太郎のデカチンがみっちりと嵌まり込んで、オマ×コがはち切れそうだ。

「そうら、見せてあげるわ。わたしのオマ×コがお前の大きいだけが取り柄の

チンポを犯しているところを。よく見えるでしょ？」

「ああ、はい……よく見えます。俺のチンポが女王様の神聖なオマ×コに包まれています」

「そうよ、わたしがお前のデカチンを包み込んであげているの。ぁあああ、あああ……どう、気持ちいい？」

瑞季が腰を前後に激しく揺すりながら、訊いてくる。

「はい、気持ちいいです」

「それでいいわ。わたしがお前を気持ち良くさせてあげてるの。わかるわよね？」

「はい……女王様」

瑞季は喘ぎ声を必死に押し殺しながら、のけぞった姿勢で腰を前に放り出し、後ろに引く。

そのたびに、蕩けたような膣粘膜がくいっ、くいっと締めつけてきて、功太郎も性感が高まる。

M字開脚された足の付け根に黒々とした翳りが繁茂し、その底の肉びらを押し退《の》けるように太棹が深々と嵌まり込んでいるのがよく見える。

瑞季が上体を起こし、さらに功太郎に覆いかぶさるように前屈して、腰を縦に振りはじめた。

ネチッ、ネチッッと淫靡な音とともに腰を上げ下げさせる。

このチャンスを活かしたい。

「少しだけ自分で動いていいですか?」

功太郎がおずおずと訊くと、

「しょうがないわね、いいわよ」

瑞季が言う。

(よし、チャンスだ!)

功太郎は瑞季の背中と腰に手をまわして、抱き寄せる。その状態で、下からつづけざまに突きあげてやる。すると、太棹が斜め上方に向かって、膣肉を擦りあげていって、

「ぁああ、くっ……ぁあああ……もう、もう、やめて……」

「いえ、もう少しだけ」

功太郎がぐいぐい打ち込んでいくと、

「くっ……くっ……やめて、やめなさい!」

瑞季が逃れようとしてもがく。

功太郎はがっちりと腰をホールドして、つづけざまに下から突きあげた。巨根が深々と突き刺さっていき、

「あん、あん、あんっ！」

瑞季の喘ぎが響き渡った。

4

仰臥《ぎょうが》した功太郎は、上に乗った瑞季の肢体をがっちりと抱き寄せて、八インチ砲を突き刺していく。ずりゅっ、ずりゅっと長大なイチモツが瑞季の膣肉を擦りあげながら、奥を押しあげていき、

「やめなさい、やめて……あっ、あっ、ぁあああ、いいのぉ」

瑞季がさしせまった声をあげて、のけぞる。

勃起時に直径五センチ、長さ二十センチの巨根は慣れるにしたがって、その絶大な効果をもたらすらしい。

これまで自分のデカチンをコンプレックスに感じていた。しかし、そうでは

なかったのだ。このデカチンはすべてとは言わないが、何割かの女性を快感に導くことができるのだ。

功太郎はうれしくなって、下から腰を撥ねあげる。つづけざまに擦りあげると、上で瑞季が弾み、

「あんっ、あんっ、あんっ」

よく響く声をスタッカートさせて、ぎゅっとしがみついてきた。

功太郎は下から乳首をつまんで捏ねる。

二箇所攻めをしながら、なおも同じリズムで腰を撥ねあげていくと、瑞季の気配が一気にさしせまったものに変わった。

「あっ……あっ……あっ……あああ、キツいけど、気持ちいい。はち切れる。わたしのオマ×コ、はち切れるぅ。へんよ、へん……来るわ。来そうなの……あん、あん……イカせて。今よ、イキそうなの……」

瑞季が急にかわいい女になって、せがんでくる。

(それでいいんだ。女性のオルガスムスは受け身のなかにこそあるんだ)

功太郎がつづけざまに突きあげたとき、

「イクぅ……！」

瑞季がすごい力でしがみついてきて、それから、がくん、がくんと痙攣する。

（お、くっ……！）

功太郎はぎりぎりのところで放出をこらえた。

功太郎の上で、瑞季はいまだエクスタシーの快感にたゆたっている。

功太郎の脳裏に、上司である浅見玲子の命令がよみがえった。

『あの子、調子づいているから、懲らしめてあげて。巨根で犯して、自分が女であることを思い知らせてあげて』

ぐったりしている瑞季を仰向けに寝かせて、功太郎が上になる。

両膝をすくいあげて、いきりたつ肉棹を濡れ溝に押し当てて、狙いをつけた。

野太いものを受け入れた女の園は花びらが無残なほどにひろがって、肉庭はぬらぬらと光り、膣口はいまだ締まり切らずに小さな穴が空いたままだ。

蜜まみれのイチモツを押し込んでいくと、さっきよりはるかにスムーズにすべり込んでいって、

「はうぅぅ……！」

瑞季が両手でシーツを鷲づかみにした。

功太郎は膝を放して、覆いかぶさっていく。

キスをせまると、瑞季が拒んだ。それでも執拗《しつよう》に求めると、応じてくる。最初はいやいややっているようだったが、やがて、自分から舌をつかってからめ、情熱的に舌を吸いながら、功太郎の肩を抱き寄せる。

これが、瑞季の正体なのだ。じつは、男と女の愛情に飢えているのだが、代表という立場上それができない。セックスでも女王様を演じていたのだろう。

しかし、女王様が燃えるような交尾をしてはいけないというルールはない。

功太郎はキスをしながら、ゆっくりと抜き差しをはじめる。唇を舐めあげながら、その動きを利用して太幹を押し込んでいくと、瑞季はいっそう情熱的に舌を吸い、足もからめてくる。

やがて、唇を離した。

「あああ、すごい！　ズンズン響いてくる。頭まで衝撃が突きあがる。ねえ、これからもずっとしようよ。玲子さんより、わたしのほうがいいわよ……いっそのこと、うちで雇ってあげようか？」

「いえ、それは無理です」

「……じゃあ、今夜は朝まで過ごしたいわ。わたしをメチャクチャにして。このデカマラでわたしの理性を奪って……」

功太郎はふたたび上体を立てて、膝をすくいあげた。

両膝をぐっと押さえつけて、さらにマン繰り返しの格好まで腰を持ちあげる。

その体勢で上から打ちおろしながら、訊いた。

「見えますか？　デカマラがあなたのオマ×コに突き刺さっていくのが？」

「ええ、見えるわ。すごい、すごい……あんな大きなものがわたしのなかに……ああ、もっと。もっとして！　わたしをメチャクチャにして！」

さっきまで女王様だったのに、M女に変わっている。その変貌ぶりが功太郎をかきたてる。

「いいでしょう。そうら、メチャクチャにしてやる」

膝をつかって、屹立を打ちおろしていく。上を向いたとろとろの花園に太棹が突き刺さっていき、

「あっ、あっ、ぁあああうぅ……気持ちいい」

すっきりした眉を八の字に折り、瑞季が泣き出さんばかりの顔をする。

功太郎は瑞季の腰をおろさせ、フィニッシュに向かう。膝裏をつかんで開かせながら、叩き込んでいく。

愛蜜まみれの巨根が深々と体内を押し割っていき、O字にひろがった膣口が

ぎりぎりまで伸びて、パチンと切れそうだ。

「ぁああ、これ、すごい……奥を突きあげてくる。捏ねてくる。へんよ、へん……わたしの内臓が犯されてる。あなたのデカチンがわたしを襲ってくる。あん、あんっ、あんっ……ぁああ、イキそう。ねえ、またイッちゃう！　あなたも出して……大丈夫よ。ピルを飲んでいるから……ぁああ、もっと……わたしを壊して。メチャクチャにして！」

「そうら、イキなさい。俺も、出す！」

熱い予兆を感じて、功太郎も歯を食いしばって打ち据えた。

「ぁああ、イク、イク、イッちゃう……やぁあああぁぁぁ」

瑞季の嬌声が響き渡り、その直後に功太郎も男液をしこたましぶかせていた。

第四章　インフルエンサー綾子

1

豪邸の客間に通された槙村功太郎は、ソファに座っているインフルエンサー小泉綾子《こいずみあやこ》の前に畏《かしこ》まって正座していた。

「M化粧品の例のアンチエイジンクのサプリの件でしょ？　もう言ってあるんだけどな、あれは効果が薄いからSNSには載せないって……」

綾子が長い足を組んだ。

功太郎は目の前の、色白できめ細かい肌をした、すらりとした体型の女性に見とれてしまった。

かるく波打ったセミロングの髪は漆黒で、目鼻立ちのくっきりしたととのった顔をしている。笑顔がかわいいから、愛嬌《あいきょう》もある。

(これだから、フォロアーもこの人の言うことを信じるんだろうな)

小泉綾子は三十六歳の美容界のカリスマ評論家であり、圧倒的な数のフォロアーを持つ、インフルエンサーだった。

そして、功太郎の今回の使命は、この小泉綾子に我が社が開発したアンチエイジング・サプリを認めて宣伝してもらうことだ。

功太郎は総務部係長で、営業部員ではない。ただし、今回は営業部長・浅見玲子の特別なはからいによって、営業部員とみなされていた。

『今回の件が成功すれば、びっくりするような昇進が待っているかもよ……小泉綾子はある情報によれば、某クラブで密かに黒人男性を漁っているらしいの。なぜ、黒人男性かわかる？　あれが大きいからよ。巨根だから。あの女、いつも生意気なことを言っているけど、本当は巨根にメロメロだと踏んでいるのよ。だから、あなたに白羽の矢を立てたというわけ。彼女にＳＮＳで、うちのサプリを褒めてほしいの。そうしたら、あっと言う間に売り上げは伸びる。インフルエンサー・マーケティングは今や業界の常識だから……小泉綾子は一応結婚しているけど、子供もいないし、別居生活をしているのよ。セックスライフは満たされていないみたいよ。満足していたら、黒人なんかに興味を持たないでしょ？　頼むわ。これが上手くいったら、あなたを営業部に戻してあげる」

それを聞いて、功太郎はどうにかしてこの使命を成功させたいと思った。

アポを取って、ようやく自宅訪問までこぎつけたのである。

「あのサプリじゃあ、効き目が穏やかすぎて、インパクトがないのよね」

そう言って、綾子がまた足を組み換えた。

右足が大きく弧を描くようにあがって、左右のむっちりとして太腿の奥に、何やら赤いものが見えた。

功太郎は床に正座しているから、角度的にスカートのなかがよく見える。

（やはりな……綾子は一見落ち着いているし、満たされているように見えるが、実際は玲子の言うように欲求不満なんだろうな。それでこんな赤い下着をつけて、初めて逢う俺を誘っている！）

そう思ったとき、ズボンの股間を分身が持ちあげてきた。

綾子の視線が一瞬そこに落ちて、びっくりしたような顔をしたのを、功太郎は見逃さなかった。

功太郎のデカチンはズボンの上からでも、はっきりとわかる。ズボンを持ちあげているものの、長さが違う。もう少しで、ズボンのベルト部分から露出しそうなのから。

綾子が組んでいた足を解いて、ゆっくりと膝を開いていった。

明らかに意図的にやっている。そして、綾子はそれを愉しんでいる。パンティストッキングに包まれた足がじりじりとひろがっていき、膝丈のボックススカートもめくれて、むちむちの太腿の奥に、赤いクロッチが細長く走っているのが見えた。

綾子は胸のところで腕を組み、片手を顎に添えて、じっと功太郎の様子をうかがいながら、足をほぼ直角にまで開いた。

功太郎は床に正座しているので、スカートの奥に赤い三角形のパンティがはっきりと見えた。

(赤のレース刺しゅう付きか！)

股間のものがますます力を漲《みなぎ》らせて、ズボンを三角に持ちあげた。これで、その長さや太さが完全にわかるはずだ。

その証拠に、綾子の視線がそこに釘付けにされていた。

「槙村さん、こっちに……」

呼ばれて、功太郎は近づいていく。ソファの前に立つと、

「ちょっと、いい？」

綾子は右手を伸ばし、ズボンの股間に添えて、

「これは、何か入れてるの？」

不思議そうに訊いてくる。

「いえ、何も……」

「ウソよ。絶対に何か入れてるでしょ？　確かめていい？」

「かまいませんが……」

綾子はズボン越しに屹立を触ってから、ベルトをゆるめ、ズボンをブリーフとともに膝まで引きおろした。

ぶるんと転げ出てきた八インチ砲を見て、ハッと息を呑んだ。

そして目の前でそそりたつ巨根をあちこちから観察し、甘い溜め息をつく。

「あなた、あのサプリをわたしに取り上げてほしいと言っていたわね。事と次第によっては、考えなくはないわよ」

見あげる綾子の目が潤んで、どこかとろんとしている。

「ぜひ、お願いします！」

功太郎は深々と頭をさげた。

「……じゃあ、シャワーを浴びていらっしゃい。浴び終えたら、二階にあるわたしの寝室に来て」

綾子にバスルームを案内されて、功太郎はそこで急いでシャワーを浴びる。

(やはり、玲子さんの見立ては間違っていなかった。よし、これで綾子を徹底的に満足させれば、俺は営業部に戻れる!)

功太郎は急いで、シャワー浴びる。とくに、下半身は丁寧に洗った。

洗い終え、用意してあったバスローブをはおって、二階に向かう。廊下を歩き、綾子の寝室らしいところに入っていくと、大きなベッドに赤いスケスケのスリップをつけた綾子が横たわっていた。

「こっちに……」

手招きされて、他は近づいていく。命じられるままに、バスローブを脱いで、ベッドに横たわった。

すると、綾子がもう待ちきれないとでも言うように、功太郎の足の間にしゃがんだ。すでに勃起しているデカチンを握って、その太さと長さを確認するようにゆるゆるとしごいた。

有力インフルエンサーともなると、羞恥心などとうの昔にどこかに置いてきたのだろう。欲しいものは手に入れる。自分にできないことはない。

きっと、自信に満ちあふれていることだろう。そうでなければ、圧倒的影響を与えるインフルエンサーにはなれない。

「大きいわね。女の子にそう言われない？」

綾子が太棹を握りしごきながら言う。

「はい、よく……でも、見ただけでオッきすぎてわたしには無理って断られることが多くて、むしろコンプレックスなんです」

「バカね、その女は……ここは大きいほうがいいに決まってるじゃないの。押し込まれたときの圧迫感が全然違うのよ。一度、体験したら病みつきになるわ」

「ということは、ご経験がおありなんですね？」

「どうかしら。ご想像にお任せするわ」

綾子が艶然と微笑んだ。

2

直径五センチで長さ二十センチの大筒を、綾子は慈しむように撫でさすり、茜色に燃え立つ亀頭部にちろちろちろと舌を走らせる。

そうしながら、「どう、気持ちいいでしょ」とばかりに、見あげてくる。

自分の口唇愛撫に自信があるのだ。

玲子の言葉を信じるなら、こうやって黒人のペニスをおしゃぶりして、悦《よろこ》ばれているのだろう。

彼らと比較されては、自信がないが、日本人のウタマロにもそれなりの長所があると信じたい。

綾子がもう待ちきれないというように、頰張ってきた。

慣れているのか、スムーズに唇をひろげ、途中まで咥えて、動きを止めた。

だが、それは外見上のことで、その内側では舌がまとわりついて、ねろり、ねろりと裏筋を舐めているのだ。

さすがだ。自分のデカマラにこれほど巧みに舌をからませた女性はいない。

やはり、只者ではない。

美容界のカリスマと呼ばれているらしいが、セックスでも一流なのだろう。

ここは心してかからなければいけない。

たっぷりと舌を裏筋に打ちつけてから、綾子はジュル、ジュルッと唾を啜《すす》って、いったん吐き出した。

上からたらっと唾液を垂らして、それを肉棹に伸ばしながら、側面を舐めてくる。

「ぁあぁん、ぁあぁん」

と、甘く鼻を鳴らして、フルートを吹くように側面に唇をすべらせる。

それから、亀頭冠の出っ張りに沿って、ぐるっと舐めてきた。

すごい光景だった。

美容界の美人インフルエンサーが赤いレースのすけすけスリップを着て、這うような姿勢でヒップを持ち上げ、自分のウタマロを舐めているのだ。

よく見ると、すけすけスリップから乳房のふくらみと、赤い乳首が透け出している。たぶん、パンティも穿《は》いていないだろう。下腹部に翳りが透け出ている。

(この姿を撮影して、ちょっと脅せば一発なんだが)

功太郎はそう思う。だが、そういう卑怯《ひきょう》な手を使わずとも、このウタマロの虜《とりこ》にすれば、うちのサプリを取り上げてくれるだろう。

綾子は裏筋をツーッと舐めあげて、上から頬張ってきた。

今度はためらわずに、一気に奥まで呑み込んだ。だが、根元の数センチが余っていて、切っ先で喉を突かれたのだろう。

うげっとえずいた。

だが、吐き出そうとはせずに、そのまま頬張りつづける。

ちらっと功太郎を見あげたその瞳に涙が浮かんでいて、ドキッとする。

おそらく、えずいたときに自然に出た涙だろうが、わかっていても、心が動かされた。

完全に咥えるのは諦めて、綾子はゆっくりと途中までのストロークを繰り返しながら、功太郎の太腿を撫でさする。

「ああ、綾子さん、それ、気持ちいいです」

意識的にとっぽい男を演じると、綾子は咥えながら見あげて、にこっとする。

もう一度、挑戦してきた。今度は太棹がすべて姿を消して、綾子の口に覆われてしまった。

綾子は苦しそうに、肩で息をしている。それでも、もう放さないとばかりに唇が陰毛に接するまで咥え込んでいる。

きっと、切っ先は喉に届いているだろう。完全なディープスロートである。

しかも、綾子は頬をぺこりと凹《へこ》ませて、バキュームまでしているのだ。

（うおお、すごい……！）

功太郎は綾子のガッツに圧倒された。いや、ガッツというより、純粋に巨根が好きなのだろう。

赤い唇がぎりぎりまでOの字に伸びている。

その引き伸ばされた唇が、ゆっくりと動きはじめた。

根っこから先端まで、イチモツにからませて、上下に往復させる。

それを繰り返しながら、睾丸を揉まれると、得も言われぬ快感が押し寄せてきた。

「ああ、ダメだ。出てしまう！」

訴えると、綾子は嵩《かさ》にかかって攻め立ててきた。

右手で太棹を握って、しごきあげながら、速いピッチで亀頭冠に唇をからませ、

「んっ、んっ、んっ……」

立てつづけに頬張る。

気持ち良すぎた。

「うおおお！」

射精寸前で吼《ほ》えた。

すると、綾子はちゅるっと吐き出して、功太郎の下半身にまたがってきた。

隆々とそびえたつピサの斜塔をつかんで、黒々と密生した翳りの底に擦りつ

ける。

驚いたのは、女の証がぬるぬるに濡れていたことだ。

大した愛撫はしていないし、直接オマ×コに触れたわけではない。にもかかわらず、花園はぐちょぐちょで、亀頭部がすべるほどだった。

「すごく濡れていますね」

「……期待感で濡れちゃうのよ。日本人でこれだけの巨根は初めてだもの」

綾子が切っ先を振って、濡れ溝に擦りつける。

「ああ、気持ちいい。入れるわよ」

綾子が沈み込もうとする。そこで、功太郎はとっさにマラを手で覆った。

「何よ！」

「例の件、うちのサプリをＳＮＳで取り上げていただく件、していただけますね」

今しか認めさせるチャンスはなかった。

「……意外としっかりしているのね。わかったわ、と言いたいところだけど、それはこれからの頑張り次第ということにしましょう。わたしをきっちり満足させられたら、その件、引き受けてあげる。もともと悪い商品ではないから」

綾子が言った。やはり、簡単にはいかないようだ。さすがとしか言いようがない。

綾子は下を向いて、亀頭部を濡れ溝に擦りつけた。

馴染ませておいて、慎重に沈み込んでくる。

カリの張った巨大マッタケが狭い入口をこじ開けていき、関所を突破して、少しずつ嵌まり込んでいった。

3

二十センチ砲が窮屈な女の道をこじ開けていって、

「はう……っ！」

綾子がまっすぐに上体を立てて、顎を突きあげた。

相当、つらいだろう。

だが、イチモツはまだ根元が数センチ余って、奥までは嵌まり込んでいない。

「オッきいわ。見ため以上に太くて、つらい。ちょっと待っていて」

綾子が静かに腰をグラインドさせて、馴染ませている。

「行くわよ」

覚悟を決めたように言って、腰を沈み込ませた。

いきりたつＬＬサイズのマツタケが狭いところを押し広げていく確かな感触があって、

「はうっ……！」

綾子がのけぞり返る。

結合部を見ると、めくれあがったスリップの内側で、翳りの底に極太サイズがすっかり埋まりきって、まったく見えなくなっている。

亀頭部が子宮口を深々と押しあげているのがわかる。相当つらいはずだが、綾子はがくがくと細かく震え、

「あっ、あっ……ぁあああぁ、気持ちいい。たまらない。もっと欲しくなる……ぁあああ、はううぅ！」

そう口走りながら、腰を振りはじめる。

両膝をぺたんとシーツにつき、腰を前後に振って、濡れ溝を擦りつけてくる。

功太郎は強い締めつけにあって、うれしい悲鳴をあげる。

切っ先が子宮を押し上げて、扁桃腺のようなふくらみをぐりぐり捏ねている

のがわかる。

「ぁああ、たまらない。奥がいいのよ……いつも届いていないところに届いているの。この圧迫感がつらいけど気持ちいいの。男にはわからないでしょうね？　セックスでは女性の方がずっと快感が大きいのよ。深いの。それに、一度イッテもまたイケる。何度もイケるのよ。男は一回出したら、終わりでしょう？　可哀相に……ぁああ、あああ、いいのよ、いいの……」

綾子は腰を振りながら、レースのスリップ越しに乳房を揉んだ。

両手をクロスさせて、肌の色が透け出ている胸のふくらみをやわやわと揉みしだく。

そうしながら、腰をグイングインと打ち振って、

「ぁあああ、あああああ、たまらない。これが欲しかったの。この大きさが……」

綾子は顔をのけぞらせ、すっきりとした眉を折って、悩ましい顔をした。

(すごく色っぽいじゃないか。三十六歳の女盛りなのに、夫とは別居生活。もう、したくてしたくてどうしようもないんだろうな)

女性は若いうちは、クリトリス派が圧倒的に多い。しかし、年齢を重ねるにつれて、膣が目覚める。

そして、一度膣イキを経験すると、身体がそれを求めるようになる。そういう意味では、功太郎の巨根は膣感覚に目覚めた熟女にこそ、効果を発揮するのかもしれない。

この美のカリスマも完全に膣が目覚め、ウタマロが恋しくてしょうがないのだ。

綾子がゆっくりとまわりはじめた。

結合部を時計の軸にして、足を少しずつ移動させていき、時計回りにまわって、いったん横を向いた。それからまた半回転して、ついに真後ろを向く。

両膝を立てて開き、少し前屈みになって、腰の上げ下げをする。

（おおう、丸見えだ！）

雄大なヒップの底に、いきりたっているイチモツがずぶずぶと埋まり、出てくる。

淫蜜まみれの太棹が、膣をぎりぎりまで張りつめさせていた。

「あん、あん、あんんっ……」

綾子の喘ぎが弾み、身体も大きく弾む。

結合部分から、ぐちゃ、ぬちゃと愛蜜があふれて、功太郎の腹部を濡らしている。

「ああ、もう、ダメ……」

綾子が前に突っ伏していった。

功太郎の足にしがみつくようにしたので、尻の底に肉棹がずっぽりと嵌まっているのが如実に見えた。

しかも、その上の可憐なアヌスが窄《すぼ》まったり、ひろがったりするのも、視界に飛び込んでくる。

（ううむ、意外ときれいなセピア色だが、中心はピンクがかっている。きれいなお尻の孔《あな》だな。ここの美容ってあるのか？　もしあるのなら、確実にやっているな）

見とれていると、綾子が乳房を足に擦りつけながら、向う脛《ずね》を舐めはじめたではないか。

（すごいな、美容界のインフルエンサーが俺の足を舐めている！）

功太郎はひどく昂奮した。

それに、脛に舌が這うと、ぞわぞわして肌が粟立つ。

最高だった。

今、功太郎の巨根は綾子にずぶりと突き刺さり、彼女の乳房と舌が足にまとわりついている。

これだけご奉仕されると、功太郎も何かをしてあげたくなる。指を舐めて、唾を載せた人差し指で、アヌスを触った。そこがビクッと収縮して、

「ああ、そこは、ダメ……」

綾子が恥ずかしそうにアヌスを手で隠した。

そうされると、逆にしたくなる。

手を外して、アヌスの窄まりをなぞり、唾を塗り込んでいく。

「もう、ダメだと言ったのに……強引な人ね」

綾子は強くは逆らわずに、また向う脛を舐める。そうしながら、乳房を擦りつけてくるので、功太郎もうっとりしてしまう。

デカマラが膣に出入りするのを見ながら、功太郎は人差し指で窄まりをマッサージする。

幾重もの皺《しわ》をあつめたアヌスがどんどん柔らかくなって、ゆるんできた。ついには、

「あああ、あああ、そこ気持ちいいの。ぞくぞくする」

そう言いながら、綾子はもっととばかりに、尻を押しつけてきた。

(少しくらいなら、入りそうだな)

功太郎が指を縦にして力を込めると、アヌスが柔らかく開いて、人差し指の先を呑み込んで、

「ぁあああ、それ、おかしくなる」

綾子が全身を前後に揺らした。

ペニスを咥え込んだ膣が行き来し、尻も前後して、人差し指がアヌスをうがち、

「ぁあああ、あああ、気持ちいい。前も後ろも両方いいの」

綾子が腰をくねらせる。

それにつれて、人差し指がごく自然に第二関節まで入り込んでしまった。

すると、入口のほうは括約筋がぎゅっと締めつけてきた。だが、奥のほうは温かい粘膜のようで、それが指先にねっとりとからみついてくる。

(そうか……これが内臓か……ぐちゅぐちゅ、ぬるぬるしているな)

功太郎はさらに深く差し込んでみた。

「ああ、それ以上はダメっ！」

綾子が叫ぶ。心配は要らない。功太郎の人差し指はもう根元まで埋まってし

まっているから、これ以上は入らない。

功太郎は指をゆっくりと回転させてみた。括約筋がぎゅっと締めつけてきて、奥のとろとろした部分を指先が撹拌《かくはん》するのがわかる。

そのとき、何か硬いものに当たった。

(これは？　ああ、そうか。俺のチンコか？)

膣にぶっすりと差し込まれた自分のイチモツを、隔壁を通して感じることができた。それだけ、直腸と膣を隔てている隔壁が薄いということだろう。

(そうか……これが俺のチンチンか……触ると、気持ちいいな)

隔壁の下側を摩擦すると、それがペニスにも伝わって、まるでオナニーでもしているように気持ちがいい。

「ぁあああ、あああ、きつい……きついけど、気持ちいい……ぁあああ、初めてよ。こんなの初めてよ」

喘ぎながら、うれしそうに言う。

「では、おチンチンを入れてみますか？」

「無理。絶対に無理……裂けちゃうわ」

「わかりました。では、指だけにしておきます」

功太郎が人差し指を抜き差しすると、

「ぁああ、気持ちいい……」

綾子は向こう脛に舌をねっとりと往復させながら、乳房も擦りつけてくる。

それにつれて、尻も前後に動き、功太郎の人差し指が羞恥の孔にぬるぬると入り込み、フトマラも膣をうがち、

「ぁああ、あああぁ……たまらない。ねえ、突いて……思い切り、突いて」

綾子が切々と訴えてきた。

4

功太郎はいったん結合を外して、這わせた綾子の後ろにまわった。

猛りたつものを花園に押し込んでいくと、ぬるぬるっとすべり込んでいって、

「はうぅ……」

綾子は背中をしならせて、顔を撥ねあげた。

赤い総レースのスリップがはだけ、肉感的な尻があらわになって、その底に太棹がみっちりと埋まっている。

だが、三分の一は根元が出ている。

「ぁあああ、もっと欲しい。奥までちょうだい……がんがん突いてちょうだい」

綾子がもどかしそうに腰をよじる。

「では、うちのサプリの件、頼みますよ」

ここぞとばかりに念を押すと、

「わかったわ。わたしに任せて……だから、ちょうだい。お願い」

綾子がまた腰を振った。

「約束ですよ」

「ええ、約束します。だから、突いてよお」

功太郎はくびれた腰をつかみ寄せて、ゆったりと打ち込んでいく。

八インチ砲が奥まで送り込まれ、一瞬、根元まで姿を消して、

「うあああああ……！」

綾子は絶叫して、これ以上は無理と言うところまでのけぞった。

「気持ちいいですか？」

「ええ、奥が、奥が……ぁあああ、おかしいの。わたしのオマ×コ、おかしく

なってる……あっ、あっ」

綾子は後ろから串刺しにされたまま、がくんがくんと震えた。

徐々に打ち込みのピッチをあげると、

「あん、あんっ、あんんっ」

綾子は甲高《かんだか》い声をあげて、顔を撥ねあげる。

「右手を後ろに」

言うと、綾子は右手をおずおずと差し出してきた。その前腕部をつかんで引き寄せ、つづけざまに打ち据える。

完全勃起したウタマロが、膣口をぎりぎりまで押し広げ、白濁した本気汁があふれて、滴《したた》っている。

この体勢だと、打ち込みのパワーが逃げずに、ダイレクトに伝わるから、衝撃が大きいのだ。

「あん、あん、あんっ……ダメ、ダメ、ダメ……イッちゃう。わたし、イッちゃう！」

髪を振り乱しながら、綾子が切迫した声を放つ。

「いいですよ。イッてもいいですよ。そうら」

功太郎がつづけざまに、奥まで押し込んだとき、

「イクぅぅぅ……はう！」

綾子はのけぞりながら、がくんがくんと躍りあがった。

結合を解くと、綾子は力尽きたように前に突っ伏していき、ぐったりして動かなくなった。

だが、功太郎はまだ元気なままだ。

ここのところ、つづけて女性を抱いているので、前と較べると、随分と持続時間が長くなった。そのぶん、女性を悦ばすことができる。

思いついて、顔の横まで行って、いきりたつもので口許をツンツンしてやった。

すると、綾子は口を開けて、茜色の亀頭部にちろちろと舌をからめ、じっと功太郎を見た。

アーモンド形の目が妖しく潤んでいて、本能的に太棹を舐める綾子をかわいいやつだと感じた。

絶頂から回復したのか、綾子は身体を起こして、スリップを脱いだ。

美容界のカリスマと自ら任じているだけあって、さすがのボディだった。

引き締まっているのに、乳房はたわわで威張ったように乳首が尖っている。ウエストは細く、そこから発達したヒップが張り出している。

お手入れが行き届いているのか、色白できめ細かい肌はつるつるで、光沢感がある。

綾子は胡坐《あぐら》をかいている功太郎の前にしゃがんで、そそりたつ巨根にキスをして、舐める。

自分の淫らな蜜が付着しているそれを、厭《いと》うことなく舐め清め、そして、頬張ってきた。

「んっ、んっ、んっ……ジュルル」

と、イチモツを吸われ、激しくストロークされると、功太郎もまた挿入したくなった。

「ありがとう、いいよ」

功太郎は綾子をベッドに寝かせて、膝をすくいあげた。

あらわになった綾子の女性器は無残に口を開いて、充血した肉びらがめくれあがっていた。

膣口に押し当てて、腰を進めると、イチモツがとろとろの蜜壺を押し開いて

いって、

「はううう……！」

綾子が顎をせりあげた。

なかは熱く滾《たぎ》っていて、入れただけなのに、フトマラをくい、くいっと内側に手繰り寄せようとする。

「おおう、すごい。吸い込まれていく……」

思わず言うと、綾子は艶然と微笑んで、また、膣を締めてくる。

「おおう、負けませんよ」

功太郎は膝の裏をつかんで、持ちあげながら押し広げる。

膣口が上を向き、ペニスとの角度がぴたりと合って、さらに挿入が深まり、

「ああああ、これ……深い。内臓まで届いてる」

綾子が逼迫した目を向ける。

ここに来たときに向けられた、迷惑そうな視線とはまったく違う、そのイキそうな女の目に、功太郎も昂奮した。

ゆっくりしたストロークを徐々に大きく激しいものに切り替えると、

「ああああ、すごい、すごい。満ちたりているの。わたし、デカチンで満た

されている。幸せよ。ぁああああああ、もっと、わたしを突いて。内臓まで貫いて」

綾子がうるうるした目を向ける。

「よし、もっとだ。もっと貫いてやる」

功太郎はすらりとした両足を肩にかけて、ぐっと前に体重をかけた。

綾子の裸身が腰から曲がって、功太郎の顔の真下に、綾子の美貌がある。

快楽でゆがんだ顔を見ながら、思い切り叩き込んでいくと、功太郎も一気に追いつめられた。

「イクぞ。出すぞ」

「ああ、ちょうだい。イク、イク、イクぅ……！」

「そうら、イケぇ！」

「イク、イク、イッちゃう……いやぁあああぁぁぁぁ！」

綾子が昇りつめたのを確認して、功太郎も男液を目いっぱい注ぎ込んだ。

第五章　美女監督を狙え

1

槙村功太郎は数々の指令を成功させたことで、ついに念願だった営業部への異動を勝ち取った。

営業には、かつてのライバルだった椎名喬司がいる。

そして、浅見玲子部長には、こう言われていた。

『椎名に売り上げで勝ちなさい。そのときは、きみにあるポストを考えているの。まだ話せないんだけど、わたしは今、ある大きなプロジェクトに関わっている。だから、頑張りなさい。これからは、わたしに頼らず自分の力でするのよ。わかったわね』

功太郎は大きくうなずいていた。やってやろうじゃないかという気持ちになった。

功太郎はこれまで培《つちか》った、巨根による女性ネットワークを使い、商品を売りまくった。

だが、椎名も課長という地位を利用しての売り込みで、両者一歩も譲らずの一騎討ちとなった。

そして、月の売り上げの〆が一週間後にせまったその日、これだという情報をつかんだ。

某バレーボール実業団の女性監督が、じつは巨根好きであるらしいのだ。

しかも、彼女は選手に摂《と》らせるサプリにも煩《うるさ》く、彼女にうちのサプリを認めてもらえれば、大量のサプリを定期的に注文してもらえる。

となれば、今回の勝負は勝ったも同然。

功太郎は勇躍、実業団チームの練習が行われている体育館に乗り込んだ。

すると、そこにはすでに椎名がいて、女性監督である田中美佳《たなかみか》にぴったりとくっついて、オシボリを差し出したりしているのだ。

（ううむ、マズい！）

功太郎はとっさに身を隠して、時が来るのを待つことにした。

椎名はイケメンで振る舞いが上品だから、女性に受けがいい。だから女性相手の営業が多いうちの会社では、トップを張りつづけていられるのだ。

それに対して、功太郎はイケメンとはほど遠い風貌だから、非常に分が悪い。これまで張り合えているのはひとえに功太郎の努力の賜物である。

田中美佳はかつて全日本のセッターをしていて、若い頃から天才セッターとして全日本のバレーボールチームを引っ張ってきた。

十年前に選手を引退して、現在は四十歳で、二年前から元所属していた実業団チームの監督をしている。

厳しい指導が有名で、女子選手の生活まで管理する。しかし、その成果はてきめんに現れて、昨年はチームを優勝に導いた。その手腕は高く評価されており、したがって彼女に逆らえる者はいない。

だからこそ、彼女を落とせば、その効果はデカい。

(そうか……すでに椎名が目をつけていたか。あいつにここを取られたら、俺の負けだ。何とかしないと……)

分は悪い。しかし、美佳の巨根好きのウワサが本当なら、こちらにも逆転のチャンスはある。

それに、美佳は全日本の男子選手と結婚していたが、今は離婚しているから、あそこが寂しがっている可能性もある。

作戦を立てて翌日、功太郎は体育館へ行った。そこで、「M化粧品の者ですが、課長に手伝うように言われて来ました」とウソをつき、美佳の助手を務めた。

美佳は小柄だが、身体はむっちりで、胸は現役時代の倍はあった。

あの頃から、キュートで魅惑的な顔をしていたが、それは今も変わらず、ミディアムヘアが似合う整った顔をしていて、どこかエロい雰囲気は現役時代より増していた。

功太郎は休みには、選手たちにも水を配り、とにかく誠心誠意動いた。

それに、功太郎は意識的に短パンを穿いていた。美佳にあそこの大きさを気づかせるためだ。

そのためには、勃起させることが一番だが、女子バレーボールチームの中には、長身ですらりとしたモデルみたいな美人や、桃尻美人や巨乳の選手などがいて、彼女たちがコートで動きまわるのを見て、何度も勃起した。

それをじつは美佳が気づいていたのを知ったのは、練習が終わって選手たちが引き上げても、功太郎は残るように命じられたときだ。

「あなた、槙村さんだっけ、こっちに来なさい」

美佳に呼ばれて、功太郎は体育館の一角に設けられた監督室に入っていく。

ドアを閉めて、椅子に座っている美佳の前まですっ飛んでいって、その前に直立した。

「はい、何でしょうか？」

「暑いわね」

と、美佳がジャージの上を脱いだ。

こぼれでてきた白いTシャツを持ちあげた大きすぎる胸のふくらみにドキッとした。あれが撥ねて、短パンを突きあげる。

美佳は汗をタオルで拭《ふ》きながら、ちらりとそこに視線を落とした。

フーッとひとつ大きく息を吐いて、

「あなた、さっきもうちの選手を見て、ここを大きくしてたわよね。困るのよね、そういう目で選手を見られては……」

「すみませんでした！」

功太郎は深々と頭をさげる。

「罰を与えなくてはね……ここで、短パンをおろしなさい。早く！」

「えっ……？」

「短パンをおろしなさい！」

「はい……！」

ぽっちゃり型だが、眼光鋭い表情で言われると、従わざるを得ない。功太郎は選手の気持ちがよくわかった。

短パンをおろすと、太棹がぶるんと頭を振りながら、臍《へそ》に向かっていきりたった。

それを一目見た瞬間、美佳の目が見開かれ、それから、赤い舌が舌なめずりで上唇を這う。

こくっと喉が鳴った。

おそらく無意識にしたのだろうが、その仕種でいかにこのキュートな女性監督がウタマロに昂奮するかが充分に伝わってきた。

デカチンの良さを身体が知ってしまっているのだ。

この勝負、勝てる――。

八インチ砲がびくんと頭を振って、それを見た美佳の喉がまたごくっとなった。

2

体育館の監督室で、かつての名セッター田中美佳が唾を呑む音がはっきりと聞こえた。

「そこで待っていなさい」

美佳は監督室を出て、体育館の照明を落としたりしているようだった。今は、この部屋だけに明かりが点《つ》いている。

美佳は監督室に戻ると、ドアの内鍵を閉め、功太郎をソファに寝かせて、いきりたつデカチンをそっと握った。

直径五センチ。長さ二十センチのビッグサイズを確かめるように触れて、しごき、

「こんなのひさしぶりよ。別れた主人となぜ結婚したのかわかる？　ここが大きかったからよ。いや、正確に言えば長かったのかな。身長がある人は総じてチン長もあるのよ。バレーボールの男子選手と結婚した女性って、ほとんどが巨根好きだと思うわ」

そう言って、美佳はにっこりと微笑みかけてくる。

さっきまでとはえらい違いだ。これだけがらりと変わるとは……。それだけ、ウタマロにメロメロなのだろう。

「ご主人と別れられたのは、確か三年前でしたね。それから、男性とは？」

「もちろん、したわよ。こう見えてもわたしけっこうモテるのよ。でも、物足りなかった。しょうがないから、大型ディルドーで自分を慰めていたのよ」

美佳がとんでもない情報を、いとも簡単に口にする。やはり、アスリートだから、考え方もあっさりして、男性的なのだろう。

だが、功太郎はあの天才セッターが大型ディルドーをぶすりと自分に突きたてる姿を想像してしまって、ひどく昂奮した。

「あらっ、今びくって……ふふっ、わたしが自分でする姿にエキサイトしたんだ。いけない男ね。そういう悪い男は懲らしめないとね」

美佳はジャージの上着とズボンを脱いだ。それから、Tシャツも頭から抜き取った。

スポーツブラに包まれた乳房はEカップあるのではないか？　丸々としてはち切れそうで、現役時代とはえらい違いだ。

美佳はブラジャーとパンティを脱いで、一瞬全裸になった。その小柄だがむちむちした熟れたボディに見とれていると、何を思ったのか、美佳はジャージの上だけはおった。寒かったのかもしれない。

はおっただけのジャージから、たわわな乳房が見え隠れしている。しかも、下は何もつけていないので、天然のまま繁った濃い陰毛が小判型に生えているのが見える。

かつての全日本女子バレーボールチームの美人セッターが、今、目の前でほぼ全裸になっている。

世界大会でも彼女が司令塔を務めるチームを応援していただけに、感慨深いものがある。

ますますギンとしたものを見て、美佳は白い歯を見せるほどににっこりし、それを握ってきた。

ソファに仰向けになった功太郎のTシャツをあげて、胸板にキスを浴びせてくる。

功太郎はサプリの件を切り出そうかとも思ったが、まだ早いという結論に達した。やる気に水を差したら、終わりだ。

「いやだ、あっと言う間に乳首が勃《た》ってきた。とっぽい顔してるのに、スケベな男ね」

美佳はちらりと見あげて、微笑み、すぐにまた乳首を舐めてきた。

小豆色の乳首に巧妙に舌を走らせながら、握った太棹をぎゅっ、ぎゅっと力強くしごいてくる。

「ああ、おおっ……！」

思わず喘ぐと、美佳はますます情熱的に手コキし、乳首をれろれろっと弾く。

やはり、元アスリートだけあって、運動神経がいいのだろう、指づかいや力の入れ具合も、舌の動きも素晴らしい。

美佳がキュートな顔をあげて言った。

「ああ、もう我慢できない。ねえ、咥えていいかしら？」

「ああ、はい、もちろん。俺、じつはあなたのファンなんです。現役時代のあの華麗なトスまわしに痺《しび》れました。今も、もちろん大好きです」

「ふふっ、そう言われると、うれしいけど、かえって困っちゃうわ。田中美佳はじつはデカチン好きのエッチ大好きなあさましい女なの。失望したでしょ？」

「いえ、全然……むしろ逆です。俺、こうしてもらえているだけで、夢のようです」

本心でもあった。

美佳ははにかんで、顔をずらしていった。

ウタマロを見て、「オッきい」と感嘆の声洩らし、功太郎の開いた足の間にしゃがんだ。

そそりたつ太棹をつかんで、腹に押しつけるようにして、裏筋をツーッ、ツーッと舐めあげる。

そのまま亀頭冠の出っ張りを舌で弾き、いったん上から頬張ってきた。途中まで咥えて、吐き出し、

「デカすぎて、無理……」

首を左右に振った。

「別れた亭主より大きい。わたし、口が小さいから無理かもしれない」

美佳が弱音を吐いた。

「できますよ。あなたなら」

「そうね。何事もチャレンジよね」

美佳が唇を一杯にひろげて、太棹にかぶせてきた。

小さめの口をぎりぎりまで開いて、肩で息をする。

挫《くじ》けそうな自分をかきたてでもするように、ずずっと根元まで唇をすべらせる。

そこでえずき、噎せた。

しかし、さすがに世界で活躍してきたアスリートは根性が違う。

目に涙を浮かべながらも、決して吐き出そうとはせずに、頬張りつづけている。

つらそうだ。しかし、必死にこらえている。

やがて、慣れてきたのだろう、おずおずと唇をすべらせる。

Oの字に開いたぽっちりとした唇をウタマロにからませて、静かに往復させる。ずりゅっ、ずりゅという感じで、唇が勃起の表面をすべっていき、功太郎もぐんと性感が高まった。

「おおぅ、気持ちいいです！」

思わず唸ると、それで自信を持ったのか、美佳はますます大きく、速いピッチで肉棹をしごいてきた。

3

体育館の監督室でつづけざまに分身を唇でしごかれて、一気に陶酔感が込み上げてきた。

美佳はフェチチオも達者だった。

苦しそうに眉を八の字に折りながらも、一心不乱に唇をすべらせる。

いったん吐き出して、ウタマロを握りしごきながら、ぐっと姿勢を低くして、睾丸をしゃぶってきたのには驚いた。

(あなたのようなスターが俺みたいな男にここまで尽くしてはいけない。自分の価値をさげる)

心ではそう思った。

しかし、睾丸を舐める田中美佳を目の当たりにすると、功太郎は圧倒的な至福に満たされる。

皺袋がベトベトになるまでしゃぶった美佳は、顔をあげて、そのまま下半身にまたがってきた。

（えっ、ここで最後までするのか？）

驚いているうちにも、美佳は下腹部を蹲踞の姿勢でまたぎ、いきりたつ怒張《どちょう》を導いて、濡れ溝に擦りつけた。

ぬるぬると擦りつけてから、沈み込んでくる。

先端が沈み込もうとしている。しかし、入口を突破することができない。どうやら、美佳のオマ×コは入口が狭いようなのだ。

それでもウタマロを味わいたいという気持ちが強いのだろう。試行錯誤を繰り返していたが、

「ダメっ……無理みたい」

残念そうに功太郎を見た。

「濡らし方が足らないんですよ。クンニしてもいいですか？」

「……恥ずかしいわ。練習後にシャワーも浴びていないし」

羞恥心を見せた。どうやら、鬼監督でも、いざとなると女性の羞恥心を持っているようだ。

「問題ないです。大ファンの美佳さんのものなら、何だって舐められます。お尻の孔だって」

「わかったわ。舐めて……汗ばんでいるけど、気にしないで。それから、このことは絶対に秘密よ」

「もちろん、口が裂けても言いません」

断言した。すると、美佳がジャージを脱いで、ソファの上でおずおずと足を開いた。

(ああ、これが天才セッター田中美佳のオマ×コか……！)

天然のままの剛毛の流れ込むあたりに、ふっくらとして肉厚だが、こぶりの女性器が息づいていた。

(これでは、よほどぬるぬるにしないと、入らないかもしれない)

功太郎はしゃぶりついて、徹底的に舐めた。唾液を塗り込め、上方の大きめの肉真珠を舌で丹念に転がすと、一気に美佳の様子が変わった。

「ぁああ、すごい……気持ちいい。それ好きよ……ぁああ、もっと強く。吸ってもいいのよ」

おねだりして、恥丘をぐいぐいとせりあげる。

功太郎が期待に応えて、肉芽を吸いまくると、

「ぁあああ、すごい、すごい……許して。もう許して……ぁああ、やめないで！」

矛盾したことを口走りながらも、物欲しそうに恥丘を擦りつけてくる。

その頃にはもう女性器はぬるぬるだ。だが、これだけではまだ無理だ。

功太郎はまずは、中指一本を膣に押し込んだ。ぬるっと嵌まり込んでいき、

「ぁあああぅぅ……！」

美佳が顔をのけぞらせる。

一本ではまだまだゆとりがある。

功太郎は指を二本、三本と増やしていく。

三本挿入すると、さすがにきつさを感じた。しかし、このくらい楽に受け入れるようならないと、とても功太郎の巨根は入らない。

人差し指、中指、薬指を根元まで埋めこんで、ぐりぐりと体内を捏ねた。粘膜がまとわりついてきて、

「ぁあああ、あぅぅぅ」

美佳がつらそうに呻く。

「我慢してください。今、ひろげているんです。このくらいで音を上げていては、俺のは入りませんよ」

功太郎は執拗に三本指で圧迫し、捏ね、まわす。そうするうちに、ぐちゅぐ

ちゅと白濁した愛蜜があふれて、内部がゆるんできた。

期は熟した。

功太郎がふたたび仰臥すると、美佳はいきりたつ肉の塔をいったん頬張って唾液で濡らし、またがってきた。

亀頭部をぬるぬると擦りつけて、慎重に腰を落とす。すると、巨根の先端が、拡張されたとろとろの膣口をこじ開けていく感触があって、

「はぁああっ……！」

美佳が大きくのけぞった。

結合部に目をやると、まだ半分しかおさまっていない。

チン長二十センチだから、半分でも十センチは膣に没していることになり、普通の女性なら充分のはずだ。

しかし、美佳はこれでは満足できないのか、歯を食いしばって沈み込んでくる。

デカマラが窮屈なところを押し広げていく強い抵抗感があって、

「ぁあああ……くぅぅぅ」

美佳が上体を大きくのけぞらせた。

見ると、数センチを残して、ほぼすべてが膣のなかに没してしまっていた。

「ぁああ、キツい。奥を持ちあげてくる。ただ触れているんじゃないの。持ちあげてくる。子宮口から入ってきちゃいそうよ……ぁああ、あああ、すごい。こんなの初めて……キツいけど気持ちいい。押し上げてくる。お臍まで突き刺さってくる……ぁああ、あああああ……」

生々しく喘ぎながら、美佳は膝を立てて開いて、挿入の深さを調節している。

「もっと奥まで入るかしら？」

「大丈夫ですよ。膣も子宮もゴムみたいに伸びますから」

言うと、美佳が思い切りよく、腰を落としきった。

余っていた部分が膣のなかに消えていき、

「はううぅぅ……！」

美佳は両膝をぺたんとシーツにつく形で、大きくのけぞり返った。

ややあって、おずおずと腰を揺すりはじめた。

「ああ、すごい……ぐりぐりしてくるの。押してくる。ぁああ、たまらない」

ついには、ぐりんぐりんと腰を前後に振って、濡れ溝を擦りつけてくる。

ミドルレングスの髪が乱れて、色白のキュートな顔があらわになっている。

すっきりした眉を八の字に折って、何かに憑《つ》かれたように貪欲に腰を振る。抜けるように白いお椀型の乳房は青い血管が透け出て、乳首は奇跡的なピンクだ。子供を産んでいないから乳首はきれいなままなのだろう。

あの伝説のセッターが自分の上で、あさましく腰を振っている。

これで昂奮しない男はいない。

と、美佳の腰が上下に動きはじめた。

膝を立ててM字に開き、尻をあげきって、そこから落としてくる。ゆっくりとおずおずと。

強く振りおろすのは怖いのだろう。その慎重なやり方が色っぽかったりする。

ゆったりとした動きが馴染むにつれて、激しさを増した。

腰振りのピッチがあがって、ついには、

「あん、あんっ、あんっ……」

喘ぎ声をスタッカートさせて、尻を大きくアップダウンさせる。

長大な肉棹が膣に出入りしている姿が、はっきりと目に飛び込んできた。

4

体育館の監督室で、田中美佳の腰遣いが激しさを増していく。

さすがに元アスリートだ。普通の女なら連続スクワットに音を上げるところだが、美佳に疲労は感じられない。

「あんっ、あんっ、あんっ……」

尻を打ち据えながら、甲高い声を放つ。

激しく躍るたびに、Eカップのたわわな乳房も縦揺れし、野太い肉棹が騎りの底に出入りするさまが目に飛び込んでくる。

「ぁああ、イキそう。もう、イッちゃう……！」

美佳が今にも泣きださんばかりの顔で訴えてくる。

「いいですよ。イッてください」

「あんっ、あんっ……ぁああ、ダメッ、ダメっ、ダメっ……イク、イク、イッちゃう……！　やぁあああああ、くあっ！」

最後に生臭く呻いて、美佳は大きくのけぞった。それから、がくん、がくんとしながら前に突っ伏してくる。

さすがに息が切れている。汗もかいていて、そのじっとりとしたきめ細かい肌が気持ちいい。

しばらくすると回復したのか、美佳が唇を合わせてきた。ねっとりと舌をからめながら、腰をもどかしそうに揺すりはじめる。

またイキたくなったのだろう。

「上になってもらえる？」

ぱっちりとした目を向けて、リクエストしてくる。このときを待っていた。

「じつは、あとでお話があるんです。それを聞いていただけますか？」

「どんな？」

「それはあとで。いいですか？」

「いいわよ。狡《ずる》い男ね。こんなときに持ち出して……」

「その分、美佳さんにはたっぷりと愉しんでいただきます」

美佳をソファに仰向きに寝かせて、膝をすくいあげた。

漆黒の翳りの底では、雌芯が花開いて、サーモンピンクの粘膜をのぞかせている。

とろとろの粘膜を亀頭部で擦りつけ、静かに挿入していく。

「くうぅぅ、オッきすぎる。無理」

「大丈夫。さっき入ったじゃないですか」

慎重に押し込んでいくと、切っ先が狭い入口を押し広げていき、途中まで嵌まり込んで、

「あうぅぅ、キツい！」

美佳が首を左右に振った。

かまわず押し込んでいくと、亀頭冠が細道を突き進んでいき、ついには、奥まで入り込んで、

「ぁあああ、苦しい……奥が、奥がひろげられてる。ぁああ、無理……ぁああ、子宮のなかまで……うあああぁ！」

美佳が大きくのけぞって、ソファの表面を掻《か》きむしる。

功太郎は両手で膝裏をつかんで、押さえつける。こうすると、尻が持ちあがって、いっそう挿入が深くなる。

「あああ……！」

美佳は喉の奥がのぞけるほどに大きく口を開けて、後ろ手に肘掛けをつかん

だ。

「見えますか？　入っているところが？」

「……見えるわ。すごい。こんなに太いの、日本人じゃ見たことない」

功太郎が腰を振ると、ウタマロが小さな膣口を極限までひろげて、出入りするさまがはっきりと見える。これは今、美佳にも見えているはずだ。

功太郎は意識的に大きく腰をつかった。すると、巨根が膣をずぶずぶと犯していき、周囲の皮膚までもが張りつめている。

「ぁああ、すごい。すごすぎる」

「いいんですよ。このウタマロを思う存分味わっていただいて。気持ちいいですか？」

「ええ、気持ちいいなんて次元を超えているわ。ぁああ、離れられなくなる。これから離れられなくなっちゃう」

「大丈夫ですよ。俺は美佳さんの頼みなら何だって聞きます。どんなときも馳《は》せ参じます」

「本当なのね？」

「はい」

「ぁああ、ねえ、バックからして。後ろから獣のように立ちマンされるのが好きなの」

「承知いたしました。ああ、そうだ。どうせなら、それを着ていただけませんか？」

そこには、美佳が現役時代に使用していただろう背番号2のユニフォームが飾ってあった。

「もう、ヘンタイさんなんだから」

そう言いつつも、美佳は満更でもない様子だった。

赤と白のデザインのノースリーブをノーブラで着て、ショートパンツを穿き、膝のサポーターを嵌めた。

当時の田中美佳を思い出した。ノーブラでたわわな乳房の丸みや、乳首がぽっちりと浮かびあがっているぶん、こっちのほうがエロい。

功太郎はガバッと後ろから抱きついて、ユニフォームの下から手を差し入れ、じかに乳房を揉んだ。

荒々しく揉みしだき、乳首をつまんで転がすと、

「ぁああ、ダメっ……ぁあああ」

美佳がくなっと腰をよじった。

功太郎は美佳にソファの肘掛けにつかまらせて、腰を後ろに引き寄せる。ショートパンツに手をかけて引き下ろし、足先から脱がせた。まろびでてきたヒップは熟れて、むっちりしている。

「ああ、いや……恥ずかしいわ」

美佳がそこを手で隠した。その手を外させて、代わりにイチモツを押しつける。

両手で腰を引き寄せながら押し進めると、デカチンがこぶりのオマ×コを押し広げていって、

「はうぅぅ……！」

美佳がのけぞり返った。

「どうですか、ユニフォーム姿で犯されている気分は？」

「ぁああ、すごく昂奮してる。一度でいいから、現役時代にこうされたかったわ」

「じゃあ、現役に返ったつもりでしましょうか？」

「いいわね。ぁああ、ちょうだい。もっと欲しい。あなたのウタマロが欲しい

……イカせて。田中美佳をイカせて」

「いいですよ。イッてください」

激しい音が出るほどに強烈に叩き込むと、

「イク、イク、またイッちゃう……やぁあああぁぁぁ！」

美佳は嬌声を張りあげて、がくん、がくんと躍りあがった。

5

功太郎はいまだ射精していない。

ぐったりした美佳をソファに座らせて、足を開かせて、正面から突き入れる。

「持ちあげますよ。美佳さんはしっかりつかまっていてください」

言い聞かせて、美佳をぐいと持ちあげる。

「ああ、すごい」

美佳は、立ちあがった功太郎の首の後ろに両手でつかまり、しがみついてくる。

小柄な美佳だからこそできる駅弁ファックである。

功太郎は尻をがっちりとつかんで安定させ、駅弁を売り歩く売り子を真似て、監督室をゆっくりと歩く。

「ぁああ、すごい。こんなの初めてよ」

美佳がうっとりとして言う。

「こういうこともできます」

功太郎は立ち止まって、美佳の尻を下から持ちあげるようにして、上下に揺らす。

「ぁああ、何これ……あんっ、あんっ、あんっ……」

美佳が喘ぎながら、ぎゅっとしがみついてくる。

横から見たら、ほぼ垂直にエレクトしたマラが、しがみついている美佳の膣に激しく出入りしているところが見えるだろう。

「ぁああ、すごい、すごい……」

美佳がとろんとした目で、功太郎を見る。

しばらくそれをづけていると、

「ぁああ、どうしてこんなに気持ちいいの？　イキそう。また、イッちゃう！」

美佳が逼迫した声を放つ。これを待っていた。

「監督は、選手に与えるサプリにも大変造形が深く、うちのサプリの定期購入をお考えになっているとお聞きしました」

「……そのことは、椎名課長にうかがっているけど……」

「それを、私からの購入ということにしていただけませんか？」

「どうして？」

「じつは、私は今、椎名課長と売り上げトップを競っているんです。ですから、私からサプリを購入いていただくと、大変助かるのですが……」

「あなた、それでわたしを……？」

「そういうわけではありません。私は前から美佳さんのファンでしたし、訪ねてみたら、すでに課長に先手を打たれていたんです」

「……しょうがないんじゃないの、それは……」

「それでは困るんです。どうしても今回はナンバー1になりたいんです」

「でもね……」

「もし、課長と契約をなさるなら、そのとき、私は金輪際美佳さんと接触を持つことはなくなるでしょう。つまり、こういうことはもうできなくなります。それでも、よろしいんでしょうか？」

美佳が複雑な目で、功太郎を見た。

「もし私と契約を結んでいただけなら、リクエストがあれば、いついかなるときも飛んでくると約束します。そして、今のように監督を……私はあなたのシモベになります。それは絶対的に約束いたします」

「……本当でしょうね？」

「もちろん。不安でしたら、念書を書いてもいいです。お願いです。私と契約してください」

「本当に、いついかなるときも飛んできて、抱いてくれるのね？」

「もちろんです！」

「わかったわ。そういうことならあなたと契約する」

「ありがとうございます」

「だから……今はとにかくわたしをイカせて。イキたいのよ。お願い」

「了解です」

美佳をソファにおろして、膝裏をつかんで押しつけながら、上からぐいぐいと打ち込んだ。

「ぁああ、これよ。わたし、これがないと、もう生きていけない。ぁあああ、気持ちいい……ぁあああ、またイク……わたし、またイク……イカせて、お願い」

「わかりました。俺も出しますよ」

「ああ、ちょうだい」

功太郎は上体を起こしたまま、両膝の裏をつかんで、いきりたちを打ち込んでいく。

「あん、あんっ、あんっ……ぁあああ、来るわ、来る……ちょうだい！」

「行きますよ」

功太郎がつづけざまに深いストロークを叩きつけたとき、

「イク、イク、イクぅ……！」

美佳が細かく痙攣して、次の瞬間、功太郎も熱い男液を憧れの名セッターに向けて、放っていた。

第六章　魔法の指のエステティシャン

1

功太郎はバレーボールの実業団の監督である田中美佳との契約を勝ち取り、ついに宿敵・椎名喬司との接戦を制して、売り上げトップに立った。

（よし、来月も……！）

と意気込んでいたとき、サプライズ人事が発表された。

功太郎の勤めているM化粧品がエステティックサロンの経営に乗り出すことになり、その代表として浅見玲子が抜擢されたのである。

同時に、功太郎にも異動の辞令がくだった。功太郎はそのエステ部門で浅見玲子の補佐役をするように命じられたのだ。

肩書的には、玲子は代表で、功太郎は代表補佐となっていて、大変な出世だった。

功太郎としては、このまま営業をつづけたいという気持ちもあった。だが、

窓際族であった自分がここまでになったのも、すべて玲子のお蔭であり、その恩人に、

『わたしの補佐役を頼むわ。あなたが必要なの』

と請《こ》われれば、受ける選択肢しかなかった。

玲子はこれまでサロンで培ってきた人脈を活かして、次々とエステティックサロンを立ち上げ、功太郎はその補佐役として走りまわった。

だが、そこでひとつ問題が起きた。玲子はエステティシャンのまとめ役として、カリスマ的エステティシャンの新藤紗季《しんどうさき》を破格の待遇で雇った。だが、二人の関係が上手くいかないのだ。

新藤紗季は『エステ界のプリンセス』と呼ばれるほどに評価が高いが、その分、鼻柱も高い。

対して、浅見玲子も気の強さでは誰にも負けない。そんな二人が上手くいくわけがないのだ。

「女同士だと、どうしてもダメなのよ。だから、新藤紗季の管理はあなたに任せるわ。紗季はああ見えても、好きな男に尽くすタイプらしいのよ。だから、彼女を惚《ほ》れさせれば、あなたの言いなりになると思う。エステティシャンのリ

ーダーをコントロールできないと、この仕事は上手くいかない。すごく重要な役目なのよ。ただし、彼女が巨根好きかどうかはわかっていない。だから、あなたのウタマロになびかないケースもある。そのへんはあなたが考えて。任せるわ」

玲子に一任されて、功太郎はやる気が湧いてきた。やってやる、と心に誓った。

命《めい》を受けた三日後、功太郎は自社のエステサロンの一室で、紗季の施術を受けることになった。

もちろん、エステの顧客は基本的に女性なのだが、最近は男性エステも需要がひろがっている。

言われるままに施術台に仰向けに寝ころぶと、紗季の美しい顔がよく見えた。二十九歳のはずだが、きめ細かくつるつるの肌のせいか、もっと若く見える。肌質としては二十代前半で、艶かしい顔をしているせいか、男なら誰でも奮い立ってしまうだろう。

髪を後ろで結った、癒し系のやさしげな顔立ちをしているが、猫を思わせる目は妖艶で、魔性の女を思わせる。

白いワンピース型のユニホームを持ちあげる胸は巨乳で、腰回りもぴちぴちだ。

一度離婚を経験しているが、その原因は夫が紗季の収入を頼って、ヒモみたいな存在になってしまい、それに紗季が愛想を尽かしたことが原因らしい。

「槙村さんは優秀な営業マンだったらしいですね。お噂はうかがっています」

紗季が首すじから肩にかけて、リンパを流すマッサージをしながら、さぐりを入れてきた。

「ああ、はい……まあ、一応売り上げはトップでしたね」

たった一カ月のことですが……と言いかけて口をつぐむ。

「そんな優秀な方がなぜ、エステ部門に来られたんですか？」

「私は一度、窓際族に追い込まれましてね。それを救ってくれたのが浅見代表でして、補佐を頼まれて、喜んでお受けしたんですよ」

事実を包み隠さず話した。

紗季の手が一瞬止まったのは、紗季が良く思っていない代表の手下的存在ということを再確認したからだろう。

突き放されるかと思った。だが、逆だった。

紗季は脇腹から胸板へとリンパを流しながら、さり気なく乳首に触れたのだ。

「あっ……！」

功太郎はごく自然に声をあげていた。すると、紗季は指で掃《は》くようにして乳首をいじってくる。

「ぁああ、ちょっと、それは……」

功太郎は抵抗した。しかし、ハーブの香りがするマッサージオイルで乳首を巧みに愛撫されると、えも言われぬ快感がひろがってきてしまう。

「や、やめてください」

訴えると、

「ゴメンなさい。槙村さんを見ていると、つい悪戯《いたずら》したくなってしまうんですよ」

そう微笑んだ紗季が、功太郎の下腹部に視線をやったとき、

「えっ……！」

と、目を大きく見開いた。

なぜなら、下半身にかけられたタオルがすさまじい高さで、三角に持ちあがっていたからだ。

紗季はそれを機に急に無口になって、下半身の施術に移った。

ふくら脛をマッサージして、太腿へと移る。太腿から鼠蹊部《そけいぶ》へとリンパを流していたとき、下腹部を隠していたタオルがはらりと落ちた。

功太郎はエステ用の紙パンツを穿いていたが、その股間がヒマラヤ山脈のように高々と持ちあがっている。

「これ、何か入れてるんですか？」

紗季が紙パンツを膝までおろした。途端に、二十センチ砲がぶるんと飛び出してきて、紗季がハッと息を呑むのがわかった。

彫像のように凍りついている。このクラスのデカマラを実際に見たのは初めてなのだろう。

「ウソみたい……大きくする手術とかしました？」

「いえ、していません。整形なしでこれです」

「興味があるな。実際に触ってもいいですか？」

「も、もちろん」

紗季がオイルでぬめる指でウタマロをおずおずと握った。

2

功太郎はエステの施術台に仰臥している。そして、下腹部からそそりたっているイチモツを、カリスマ・エステティシャンの新藤紗季がおずおずと握り、その大きさや長さ、形などを吟味していた。

(紗季さんはどう感じてくれているんだろう?)

大きすぎてとても入りそうもないし、第一痛そう、などと思われたら終わりだ。

不安を抱えて見守っていると、紗季はいったん手を離して、マッサージオイルを手のひらにたっぷりと載せ、左右の手を重ねながら擦って、オイルを温めた。

それから、おもむろに両手で男根をマッサージしてきた。

ぬるぬるしたオイルでちゅるちゅると分身をしごかれると、あまりの快感に腰が浮いてしまう。

「そんなに気持ちいいですか?」

紗季がにっと口角を吊り上げた。

「ああ、はい……オイルが……おおぅ！」

ちゅるちゅるっと連続してしごかれて、ウタマロがびくびくっと頭を振った。

と、紗季が寸前で動きを止めたので、ぎりぎりセーフで暴発を免《まぬか》れた。

しかし、すさまじいテクニックだ。あっと言う間に追い込まれた。

紗季の指は業界で『魔法の指』と呼ばれているらしいが、実体験すると、それがまざまざとわかった。

「かちかちに凝っているようだから、リンパを流しているんですよ。もっとしてほしい？」

紗季が艶かしい目で、功太郎を見た。

うなずくと、紗季はハーブの香りがするオイルを、上から太棹めがけて、たらっと垂らした。

冷たいがとろとろのオイルが分身に命中し、紗季はそれを右手を使って伸ばしはじめた。

にゅるにゅると亀頭を擦られると、ジンとした痺れにも似た快感がひろがってくる。

「気持ちいいですか？」

「はい……あなたは天才だ。魔術師だ」

思わず言うと、

「そうですよ。今頃、気づいたの？　わたしにとっては男も女も変わらない。お客さまをいつも天国へ導いてあげているの。もちろん、いつもこんなことはしていませんよ。あなたは特別……」

「特別……ですか？」

「ええ、あなたが浅見玲子の手下だから……セックスはしたんでしょ？　あの女、どうでした？」

「いや、それは言えません……はうぅぅ」

紗季は猛烈な勢いで亀頭冠を中心に指をすべらせながら、「言いなさい」とせまってくる。

「よ、良かったです。すごく。天国でした」

「今もしてるの？」

「今はあまり……」

「ふふっ、釣った魚に餌はやらないってことですね。寂しいですね、だったらわたしの味方になってほしいな……そうしたら、いつでもこの施術を受けられますよ」

紗季は上から艶かしい目を向けながら、ちゅるちゅるっと茎胴をしごいてくる。

「ぁああ、くっ……」

「気持ちいいですか？」

「はい……でも、もっと気持ち良くなりたい。そうしたら、俺も紗季さんの味方になります」

撒《ま》き餌《え》をすると、紗季が食らいついてきた。

出入り口の内鍵をかけて、人をシャットアウトすると、ワンピース型ユニホームの裾に手を突っ込んで、ベージュのパンティを脱いだ。

それから、ユニホームの中に手を入れて、器用にブラジャーを外して、抜き取った。

これで、紗季はユニホームの下にはブラジャーもパンティもつけていないことになる。

そこで、紗季はいきなりオイルをユニホームの上から塗り伸ばして、巨乳を揉みしだいた。

(ああ、これは……!)

すごい光景だった。

オイルが染み込んで、ノーブラの乳房の肌色や、乳首の突起が白いユニホームから透けだしていた。

目を丸くしていると、紗季が胸のファスナーを下までおろした。

(これは……!)

左右の丸々とした巨乳の内側があらわになり、乳肌もオイルでコーティングされたようにぬめ光っている。

エロすぎた。二十九歳のカリスマ・エステティシャンはメスとしての肉体も誘惑も超一流だった。

紗季はオイルを尻に塗り込めると、功太郎に尻を向ける形で、施術台にあがった。

シックスナインの形で、功太郎の上になり、またがってくる。

目の前に、オイルを塗られたヒップがぬめ光り、ぷりっとした尻たぶの底には女の谷間がわずかに口をひろげていた。

驚いたのは、陰毛がきれいに抜かれていたことだ。つるっとした恥丘とはみ出した陰唇が丸見えで、狭間には妖しいサーモンピンクの粘膜がのぞいている。

（パイパンか……しかし、きれいなオマ×コだな。びらびらの整形でもしているのか？）

見とれていると、功太郎のイチモツにぬるぬるっと舌が這いあがってきた。紗季が一杯に舌を出して、太棹を舐めているのだった。

「大きいわ……こんなにオッキいのは初めて。上手くおしゃぶりできるかしら？」

紗季は不安そうに言いながらも、果敢に挑戦してきた。口をぎりぎりまでひろげて、唇をかぶせてくる。

エラの張った亀頭部を頬張ろうとして、ぐふっと噎せた。

「無理……顎が外れる」

「でも、玲子さんは咥えてくれましたよ」

対抗心をかきたてようとして言うと、それが功を奏したのか、紗季がふたたび唇をかぶせてくる。

途中まで頬張って、ぐふっ、ぐふっと噎せた。それでも、吐き出そうとはせずに、少しずつ奥へと唇をすべらせる。

三分の二まで咥えたところで、じっとしていたが、やがて、ゆっくりと大きく顔を振りはじめた。

ジュブ、ジュル……。

卑猥《ひわい》な唾音を立てて、唇を往復させる。

ぎりぎりまでひろげられたふっくらとした唇が亀頭冠のくびれをすべり動くと、甘い愉悦がうねりあがってきた。

3

新藤紗季が施術台で、シックスナインの形で功太郎の勃起を頬張ってくる。

やはり苦しかったのだろう、ちゅぽんと吐き出して、肩で息をする。

少し休憩してまた挑んでくる。

直径五センチで長さ二十センチのデカマラを途中まで頬張り、ぐちゅぐちゅと唾音をさせて、顔を打ち振る。

いったん吐き出して、今度は右手で根元を握り込んできた。ぎゅっ、ぎゅっと力強くしごきながら、亀頭部を頬張り、同じリズムで唇もすべらせる。

（うおお、最高だ……！）

業界では知らない者はいないカリスマが、自分ごときのチンコを貪るようにしゃぶってくれているのだ。それだけ、浅見玲子には負けたくないのだろう。

（ああ、そうだった。俺もクンニしないと……！）

まずは、ユニホームからこぼれでた尻たぶをさすりまわした。オイルで指がすべって、ちゅるちゅるした感触が気持ちいい。

つかんでひろげると、茶褐色のアヌスと無毛の女陰があらわになった。

女の谷間はすでにとろとろの蜜をしたたらせて、肉びらもくっきりひろがって、初々しい鮮紅色の内部が顔をのぞかせている。

粘膜をぬるっと舐めると、

「んっ……！」

紗季は頬張ったまま、びくんとして、尻たぶを窄める。また尻をひろげて、狭間をつづけざまに舐めると、

「ぁあああ……」

紗季が肉棹を吐き出して、顔をのけぞらせた。

「気持ち良すぎて、咥えられませんか？」

「ええ……あなたの舌、すごく気持ちいい。ぬるぬるとざらざらがちょうどいいの」

紗季が息を弾ませる。

「では、ここはどうですか？」

笹舟型の下のほうに飛び出している突起をれろれろっと舌で弾くと、

「ぁああ、それ……気持ちいい。気持ちいい……ぁああ、ねえ……」

「何ですか？」

「入れたくなったわ。このウタマロを試してみたくなった」

「大丈夫ですか？　紗季さんのオマ×コ、上品な大きさだから、裂けちゃいますよ」

「……耐えてみせるわ。浅見玲子ができて、わたしができないはずがない」

「……じゃあ、最初は紗季さんが上になってください。そのほうが、調節できて安心でしょ？」

うなずいて、紗季はユニホームを脱ぎ、こちらを向いた。

そのミルクを溶かし込んだような白い肌と、大理石みたいにすべすべな光沢が眩しい。

　おそらくジムに通っているだろう身体はバランスよく発達して、ウエストは見事にくびれているのに、胸とヒップは大きい。

　紗季は縛っていた長い髪を解いて、向かい合う形でまたがってきた。

　血管を浮ばせたデカマラが鈍重にそそりたっている。

　紗季はそれを無毛の恥肉に導いて、受け入れようとした。腰を落とそうとしたものの、

「無理……！」

　眉根を寄せて、首を左右に振った。

　それから、何かを思いついたのかにんまりして、マッサージオイルを手のひらに出して、それを自らの膣肉になすりつけ、さらに、巨根にも塗り伸ばす。

　これなら大丈夫とばかりに微笑んで、亀頭冠を膣口に押し当てる。

　ぬるぬるとすべらせてから、覚悟を決めたように沈み込んできた。

　弾かれそうになるのを押しとどめて、紗季はさらに腰を落とした。

　その瞬間、巨根がとても窮屈なところを押し広げていく強い抵抗感があって、

「うぁあ……！」

紗季は口をいっぱいに開いて、のけぞった。

「あああ、苦しい……オッきすぎる！」

そう訴えながらも、紗季は開いた太腿をぶるぶるさせている。

見ると、功太郎のウタマロが三分の二ほども埋まっていた。三分の一はさすがにおさまりきらないようだ。

「これ以上は無理……」

そう言って、紗季は功太郎の胸板に手を突いた。

前屈みになっているので、全体重がかからずに、挿入が途中までで止まっているのだ。

「どうしますか？　俺が動きますか？」

「それはダメっ……裂けちゃう。自分で動くから、あなたは絶対に動かないで」

そう功太郎を制して、紗季が自分で腰を振りはじめた。

両膝をM字に立てて開き、前のめりになりながらも、ゆっくりと慎重に腰をつかう。

すると、自分でもデカすぎると感じる太マラが少しずつ深く嵌まり込んでいき、

「ぁああ、すごい……おさまってきた。くうぅぅ、きつい。でも、入ってるよね？」

紗季が眉を八の字に折りながらも、相槌《あいづち》を求めてくる。

「ええ、すごいですよ。おチンチンが少しずつ埋まっていってる。ぁああ、もう少しで根元まで入っちゃいそうだ」

「ぁあああ、くうぅぅ……どう、これでどう？」

紗季がつらそうに眉根を寄せる。

「すごい。全部、呑み込みましたよ。おおう、さすがだ！」

「でしょ？　わたしに不可能なことはないの。ぁああ、すごい……子宮を突きあげてくる。動いていい？」

「はい、動いてください」

紗季がゆっくりと腰を振りあげ、トップから慎重に沈めてくる。

八インチ砲がずぶずぶっと埋まっていって、ついには、根元が見えなくなった。

無毛のヴィーナスの丘をこじ開けるように太棹が嵌まり込み、それに丸見えの陰唇がまとわりついている。

「もっとできるわ」

紗季がスクワットでもするように腰を上下動させ、そのたびに、フトマラがパイパンのオマ×コに突き刺さる。

4

施術台の上でカリスマ・エステティシャン紗季は激しく腰を上下動させていたが、やがて、両手を後ろに突いて、のけぞった。

左右の足をM字に開き、腰を前後に揺すってしゃくりあげる。

「ぁあああ、オッきい。キツいの。キツいのに、気持ちいい……どうして？　腰が止まらない。勝手に動くのぉ」

紗季が腰を振るたびに、蜜まみれの肉柱が見え隠れする。

脱毛処理されて、恥丘がつるつるなせいで、膣口を押し広げて出入りする巨根が、はっきりとわかる。

「ああ、すごい……俺、紗季さんを好きになりそうです」

味方につけようとして言うと、信じたのか、紗季はますます激しく腰を揺すって、本気で喘ぐ。

「ぁああ、あああ、いい……わたし、ウタマロが好きみたい。全然違うの。圧迫感が違う。それに、長い……奥が、奥が気持ちいいのよ。へんになる。わたし、へんになる……ねえ、突いて。わたしをメチャクチャにして」

紗季がとろんとした目で訴えてくる。

「わかりました。一回抜きますよ」

功太郎は結合を外して、自分は台を降り、紗季を仰向けに寝かせた。

挿入しやすいように、紗季をエッジまで引き寄せて、膝をすくいあげる。

ローションまみれの雌蕊が長大なものを受け入れたせいで、ぽっかりと口を開けて、サーモンピンクの粘膜をのぞかせている。まだあまり使っていないのか、全体が白人のようなピンクで初々《ういうい》しく感じてしまう。

勃起と膣の高さはちょうどいい。打ち込んでいくと、ウタマロが小さな入口をひろげ、パイパンの恥丘が勃起の形に盛りあがって、

「ぁあああ、すごい……無理やりひろげられてる感じ」

紗季が言い、功太郎がゆっくりと抜き差しすると、

「あうぅぅ……ダメ。動かないで……お願い、無理……」

紗季が訴えてくる。

「大丈夫ですよ。さっき自分じゃあ、あんなに動けたんですから」

功太郎は膝裏をつかんで押し広げ、ぐいぐいとえぐり込んでいく。

蜜まみれの太棹が小さなとば口を押し広げながら、犯していく様子がよく見えて、その光景を見ているだけで昂奮してしまう。

「ダメっ……無理……ダメっ」

紗季はそう繰り返して、顔を左右に振っていた。だが、かまわずに突き刺していくと、紗季の様子が変わった。

「ぁああ、あああぁ……気持ちいい。キツいのにいいの……ぁああ、痺れてるの、熱い……あそこが熱い……ぁああうぅぅ」

紗季は両手で施術台の縁を握って、顔をのけぞらせる。

打ち込むたびに、巨乳がぶるん、ぶるるんと揺れている。

そして、紗季は巨根の威力を認識したのか、もう抗うこともできずに、気持ち良さそうに喘いでいる。

(よし、こうなったら、とことん巨根の良さを味わっていただいて、ウタマロの虜になってもらおうじゃないか)

功太郎は膝から離した手で、乳房をつかんだ。

美人エステティシャンでカリスマ、おまけにこんなにオッパイがデカいなんて反則だろう。この人を女性だけ相手にさせるのはもったいない。

(そうか……最近は男性向けエステの需要が出てきていると言うし、新藤紗季なら男性を相手にしても充分に通用するだろう。いや、むしろ向いているんじゃないか。よし、今度、新企画として、玲子代表に提案してみよう)

そんなことを思いながら、乳房を揉みしだいた。マッサージオイルでぬめる乳肌をなぞり、頂上の突起をつまんで転がした。

紗季の乳首はすでにカチンカチンで、それをくりくりと捏ねると、

「んっ……あっ、あっ……ぁあああ、それ、気持ちいい……」

紗季が腰をくねらせた。すると、膣が勃起を締めつけてきて、ますます具合が良くなる。

功太郎は乳房を攻めながら、じっくりと抜き差しをする。胸とヴァギナの二カ所攻めだ。

太さも長さも充分だから、ゆっくりと動かしても効果はある。むしろ、スローピストンのほうが逆に女性はじっくりと味わえて、感じるのではないか？

巨根はあまり急いでピストンすると、女性は痛がるだけで、逆効果なのかもしれない。それよりも、じっくりと、スローにストロークしたほうが、お互い愉しむことができる。

功太郎は床に立ち、乳房を揉みしだき、乳首を捏ね、ゆっくりと打ち込んでいく。

と、やはりこの形が一番感じるのだろう。

「ぁああ、こんなの初めてよ。誰もこんな感じを味わわせてくれなかった。あなたが最初よ。ズルいのよ。こんなに大きなチンポ、反則よ。反則負けよ」

紗季が潤んだ瞳を向ける。

「すみません。反則技を使って。でも、これで紗季さんには悦んでもらえています」

「わかってるわよ、そんなこと……ねえ、最後に立ちバックしてくれない？わたし、立ちバックが一番イケるの」

「いいですよ」

いったん結合を外して、紗季を床に立たせ、施術台につかまらせて腰を引き寄せる。

「ぁああ、ねえ、擦りつけて。あなたのおチンチンをわたしのあそこに擦りつけてよ」

紗季がくなっと腰をよじった。

言いつけどおりに、花芯を切っ先でなぞると、ぬるっ、ぬるっとすべって、

「ぁああ、たまらない。ねえ、欲しい。あなたのデカチンが欲しい。ちょうだい。わたしのなかをあなたのチンボで一杯にして」

紗季がはしたなく求めてくる。

功太郎は期待に応えて、打ち込んだ。

開いたカリが小さな入口をこじ開けて、深々と嵌まり込んでいき、

「はうぅぅ……！」

紗季は背中を弓なりに反らして、台の縁をつかんだ。

腰を引き寄せて、つづけざまにえぐり立てると、

「ぁああ、すごい……重さが違う。圧迫が違う。ひと擦りされるだけで、電気が走る……ぁあああ、イキそう……イクわよ」

「いいですよ。俺も出します」

功太郎は力強く叩き込んだ。熱い塊が下腹部で急速にひろがってくる。

「あんっ……あんっ……ぁあああ、イク、イク、イッちゃう……イクぅううう……」

紗季がのけぞり、次の瞬間、功太郎も大量の精液をしぶかせていた。

第七章　ハニートラップ

1

ＶＩＰルームの天蓋《てんがい》付きベッドで、功太郎はグラマラスな美女・木下千華《きのしたちか》の背中をマッサージしていた。

Ｍ化粧品の経営するエステサロンにはＶＩＰ会員があって、秘密の特典として、功太郎のマッサージを受け、その巨根を自由にできる――という秘密の会則が加わったのだ。

最初はそんな特典などなかった。

だが、これまで身体を合わせてきた女性たちから、代表補佐役の槙村功太郎がじつはウタマロの持ち主で、一度味わったら病み付きになるという噂が流れて、代表の玲子がそれなら会費を多く払ったＶＩＰだけにその特典を与えると決定してしまったのだ。

功太郎としても、悪い話ではない。だが、問題は自分に選択権がないことで、金持ちの太ったオバサンを相手にするのは、かなり大変だった。

しかし、不思議なもので回数を重ねるうちに慣れてきた。

たとえブスでデブであっても、功太郎の適当な性感マッサージで身をよじり、ペニスにしゃぶりついてくる女性はかわいい。そう思えるようになった。

そうやって、日頃は男性を相手にできないVIPオバサンが功太郎を相手にすることで、うちの製品も大量に買ってくれるし、ますますうちのエステサロンの利益率はあがった。

今、相手にしている木下千華は、これまで功太郎が相手にしてきたなかでもナンバー1の美貌とダイナマイトボディの持ち主だった。

しかも、年齢は二十七歳で、美容関係の仕事に就いているらしい。

浅見玲子からは、もしかして同業者かもしれない。同業他社が送り込んでいきたスパイである可能性があるから、気をつけるように言われていた。

そうでなければ、VIP会員の多額な会費は払えないと。

だが、そんなことは忘れてしまうほどに、千華のボディは素晴らしかった。

手足は長くすらりとしているのに、巨乳でケツもデカい。

功太郎はたっぷりのマッサージ・ローションを豊かなヒップに塗り込めて、

マッサージをする。

見事にくびれたウエストからビックヒップがバーンと張り出していて、その大きな尻たぶを揺するようにマッサージしていると、

「ぁあああ、ああうぅ……気持ちいい……ねえ、もっと、あそこの近くを……」

千華がもどかしそうに尻を持ちあげる。

「あそこと言うと、ここですか？」

功太郎が突きあがったヒップの狭間をローションまみれの手でぬるっとなぞりあげると、

「ぁあああ……そこ……もっと、触って……じかに触って」

千華は自ら尻を高々と持ちあげて、振りながらせがんでくる。

「では、失礼して……」

功太郎が尻たぶの底に指を添えてさすりあげると、割れ目はすでに潤みきっていて、ぬるっと指がすべる。

「ああああ、ちょうだい。指をちょうだい……早くぅ」

千華が腰を振って、せがんでくる。

功太郎は右手の人差し指と中指にローションを塗って、膣口に押し込んでいく。ぬるぬるっと嵌まり込んでいって、

「はうぅぅぅ……！」

千華がもっととばかりに、尻が三角をなすほどに高くせりあげてくる。

こうなるように性感マッサージを施したとはいえ、千華の反応は激しすぎる。

(よほど好き者だな。とても他社のスパイとは思えない)

功太郎は二本指を出し入れしながら、左手では内太腿の性感帯のツボをマッサージする。

抜き差しするたびに、とろっとした蜜がすくいだされ、ぐちゅぐちゅと淫靡な音がする。

「ぁああ、いいの……いいのよ」

千華は心から感じているという声をあげ、自ら右手を腹のほうから伸ばして、クリトリスをいじりはしめた。

手が長いからこそできるのだろう。長方形の漆黒の繊毛が途切れるところにある肉芽を自ら指先で捏ねながら、

「ぁあああ、イッちゃう……イッていいの？」

させまった声で言う。

「いいですよ。何度でもイッてください。そのために、ここにいらしているんですから」

功太郎が指腹でGスポットを擦りあげたとき、

「イキますぅ……いやぁあああああぁぁぁ……くっ！」

千華は尻を高々と持ちあげて、がくんがくんと震え、そのまま前に突っ伏していった。

（イキやすい女だ。たんなる好色女だろう）

気を遣《や》ってぐったりした千華を仰向かせて、乳房をマッサージする。

Fカップはあろうかという巨乳にたっぷりのローションをつけて、まわし揉みし、時々、乳首に触れる。

コーラルピンクの突起に指が触れると、

「あうん……あっ……」

千華がびくんっ痙攣して、顎をせりあがる。長いストレートの髪を、今は濡れないようにキャップにしまっている。

鼻先のツンとした、大きな目の顔は女優と言っても不自然ではないほどにととのっていて、なおかつ個性的である。

（この美貌で、この淫乱さ……男にはたまらない女だ）

功太郎は乳房から脇腹、さらに下半身へとローションを塗り込めていく。

身体が火照《ほて》ってくる成分を混ぜたローションで、そのきめ細かい肌をさすりあげていくと、千華の手が勃起に伸びてきた。

功太郎は昔の競泳用水着をつけている。小さい三角の形をした紺色の水着からは、おさまりきらない本体が半分ほどもこぼれて、亀頭部がでかつきながらはみ出している。

これをつけると女性が悦ぶから、ユニホームとして着ている。

「あああ、すごい……こんなにはみ出しちゃって。これで水泳のレースに出たら、大騒ぎになるわね」

千華が勃起を水着越しにさすりながら、上体を起こして、にこっとする。

「今度、レースに出ますよ」

冗談を言いながら、功太郎も立ちあがった。

最近は玲子の要請もあって、ジムで筋トレをしているから、功太郎の体は引き締まって、筋肉がつき、腹筋なども割れている。

以前と較べて、格段にいい男になったわね、と玲子にはよく言われる。

功太郎も鏡を見て、そう思う。そして、巨根の豚から狼へと変身した自分を嫌いではない。

2

小さい競泳用水着を三角に持ちあげて、半分ほど本体をのぞかせている肉棹を、千華がさすりあげてきた。

「おおぅ……！」

あまりの気持ち良さに、分身がさらに力を漲らせて、それを見た千華が目を丸くした。

「すごいわ……聞きしに勝る巨根だわ。何よ、この裏筋……筋が太いし、裏から見ても本体の横幅が普通のあれの二倍くらいある。ちょっと触らせてもらってもいい？」

前にしゃがんだ千華が大きな目で見あげてくる。

「どうぞ、お好きなように」

言うと、千華が分身を競泳用水着越しになぞりあげてきた。紺色の水着を高々と持ちあげている太棹を何度も撫であげ、ずらしたので、下の横から睾丸が飛び出してきた。

「あらっ、タマタマも大きいのね……こうしたら、きっと気持ち良くかも」

次の瞬間、千華が睾丸袋を舐めあげてきた。ちろちろっと舌を走らせながら、水着の上から太棹の頭部を指でつかむようにして、ゆるゆると摩擦してくる。その指が亀頭冠に引っかかって、ツーンとした快感がうねりあがってきた。その上、皺袋を舐められるとたまらなくなる。

そのまま、千華の舌が這いあがってきた。水着から本体へと舐めあげられ、裏筋の発着点をちろちろと舌で刺激されると、また分身が撥ねた。

「ぁあああん、さっきからビクンビクンしてる」

千華が水着をつかんで、引き下ろした。ぶるんと重そうな巨体を持ちあげるウタマロを見て、千華はハッと息を呑み、凍りついた。

「どうですか？　いけそうですか？」

「無理かもしれない。わたしのあそこ、慎ましいと言われているから、絶対に入らないわ。長すぎるのは途中までにすれは、どうにかなるかも。でも、この太さはちょっと無理だと思う」

千華はおずおずと太棹を握って、

「ほら、指がまわりきらない。こんなの入れたら、わたしのあそこはパチンっと爆《は》ぜてしまうわ」

そう言いながらも、千華はローションを垂らして、それを塗り込みながら、ゆるゆるとしごきはじめている。

「大丈夫ですよ。きついのは最初だけです。すぐに慣れます」

「そうかしら？」

「はい……でも、もし千華さんが無理というなら、無理強いはいたしません。どうしますか？」

「……やるわ。何事もチャレンジよね」

千華はキャップを外して、頭を振った。

漆黒のストレートロングの髪が揺れて、巨乳の途中まで毛先が垂れ落ちる。

魅惑的だ。このスタイルで巨乳でおまけに漆黒のストレートロングの髪を持った女はそうそういない。

千華はしばらくためらっていたが、やがて心を決めたのか、おずおずと唇をひろげて、亀頭冠にかぶせてくる。

口をいっぱいに開いて、カリまで頬張ったところで、上を見て、無理と言わんばかりに首をかるく左右に振った。

「大丈夫。できますよ」

励ますと、千華は目をぎゅっと瞑りながら、途中まで咥え込んで、

「うげっ……！」

吐き出して、えずいた。

「やっぱり、やめましょう」

功太郎は冷静に言う。だが、千華は顔を左右に振って、涙目で再チャレンジしてきた。

もう一度、ローションを出して、それを功太郎の勃起に塗り込めた。ちゅるちゅるしごいて、馴染ませる。それから、咥えながら口を一杯に開いた。そのまま、大胆に頬張ってきた。

途中まで唇をかぶせて、つらそうに眉根を寄せた。

肩で何度も息をする。一気に根元まで咥えて、ぐふっ、ぐふっと噎せながらも、吐き出すことはせずに、頬張りつづけている。

やがて、慎重に唇を往復しだした。Oの字にひろがった赤いルージュの唇をすべらせて、

（どう、わたし、できているでしょ？）

という目で、功太郎を見あげてくる。

「すごいな。千華さんは根性がある。それに、唇も舌も最高に気持ちいい……ストロークしながら、舌がちゃんとからみついてくる」

気持ちを伝えると、千華はわかってくれているのね、という顔でにんまりした。

それから、右手の指を根元に巻きつかせて、ゆるゆるとしごく。そうしながら、同じピッチで唇を往復させて、亀頭冠をしごいてきた。

「ぁああ、千華さん、天国ですよ。上手だ。すごく上手だ。おおぅ、気持ち良すぎて、出してしまいそうだ」

功太郎が言うと、千華は勇気づけられたのか、ますます激しく根元を手コキし、亀頭冠を中心に唇を往復させる。

その唇をカリに引っかけるような短くて、ピッチの速い首振りが、功太郎を一気に追い込んだ。

「おおぅ、出そうだ……」

窮状《きゅうじょう》を訴えた。

すると、千華はちゅるっと八インチ砲を吐き出して、功太郎をベッドに仰向けに寝かせた。

そこで、ストレートロングの黒髪を垂らして、口だけで頬張ってきた。

いったん吐き出して、千華はさっき功太郎が使っていたローションを手に取り、透明な溶液をたっぷり自分の乳房に塗り込んだ。

真っ白で乳首と乳輪だけがコーラルピンクの推定Fカップを揉みしだくと、柔らかな肉層がしなりながらぬめ光ってきて、妖しい雰囲気が増してくる。

それから、千華はローションをもう一度手に取って、それを勃起に塗り込みはじめた。

両手を巧みに使って、ちゅるり、ちゅるりと心棒をてかつかせる。次の瞬間、ぐっと前に屈んできた。

たわわすぎる左右のふくらみで、いきりたっている肉柱を両側から挟みつける。

それから、左右から巨乳を圧迫しつつ、同時に上下に打ち振った。

すると、肉棹にまとわりついている乳房がローションでちゅるちゅるとすべりながら、巨根を摩擦してきて、ぐーんと快感が高まった。

（……そうだよな。これだけのデカパイなんだから、パイズリは効果的だよな）

頭の下に枕を入れて、見ると、真っ白でぬめ光るふくらみの真ん中で巨根が溺れかけている。

イチモツが母なる乳房の海に、潜望鏡のように埋もれかかっている。

（なるほど、巨乳のパイズリなら、ウタマロに抵抗できるという訳か……）

功太郎はうねりあがる快感にどっぷりとつかった。

3

ＶＩＰルームの天蓋付きベッドで、たっぷりのローションでちゅるちゅると揉まれ、乳首を内側に向けて、太棹に擦りつけられると、ウタマロがうれしい悲鳴をあげた。

「ああ、ダメだ。出そうだ……」

思わず言うと、千華は乳房を離して、功太郎にまたがってきた。

Ｍ字開脚して、そそりたっているデカチンを翳りの底に擦りつける。腰を落とそうとして、

「無理……入らない」

顔を左右に振った。

それから、ローションを肉棹に塗って、ぬめる亀頭冠を濡れ溝に押しつけ、ゆるゆると腰を振った。すべりがよくなったのを確認して、また腰を沈めてくる。

今度は、入口を突破していく確かな感覚があった。切っ先が熱いほどの滾りを押し広げながら、突き進んでいって、

「はうぅぅ……！」

千華は上体をのけぞらせて、がくん、がくんと震えた。

「ぁああ、すごい……こんなの初めてよ。現実にこんなデカチンが存在するのね。ウソみたい。ぁああぁ、ひろげられてる。何もしてないのに、ひろげられてる……」

そう苦しげに言いながらも、千華はゆるやかに腰を振って、

「ぁああ、当たってる。Ｇスポットが簡単に擦れるのね。ぁああぁ、奥も……

奥のポルチオにもしっかり当たってる。ちょっと動くだけで、いいところを刺激してくる。狡《ずる》いわ、ぁあああ、ああああぁぁぁ、すごい……ねえ、へんよ。もしかして、わたし、イクの？　もうイッちゃうの？　ぁあああうぅぅ」

M字開脚したまま千華はかるく腰を前後に揺すっただけで、

「イ、イクぅ……！」

がくん、がくん震えて、どっと前に突っ伏してきた。

失神したように動かない。それでも、膣はマラをくいっ、くいっと締めつけてくる。

ぐったりした千華の長くて、さらさらの髪を撫でて、訊いた。

「大丈夫ですか？」

「ええ……びっくりした。こんなに早くイッたのは生まれて初めてよ。恥ずかしいわ」

「いえいえ、それだけ千華さんが敏感だってことですよ。優秀なんです」

「そう？」

「そうです。あなたのような素晴らしい女性が、男を金で買ってはいけません」

ズバリと言うと、千華はしばらく考えていたが、やがて、何かを振り切ったように言った。

「……やっぱり、あなたは騙《だま》せないわ。じつは、わたし、S化粧品の社員なのよ。今度、S化粧品も御社にならって、エステサロンを開くことになったの。それで……代表を支えているとても優秀な代表補佐がいるから、その彼をさぐってこいと言われていて……なんなら、彼をヘッドハンティングしてこいって……上は、今のお給料の二倍は出すと言っているの。だから、もしよかったら、うちでエステサロンの立ち上げに関わってみない？　いいの、返事はすぐでなくて……」

やはり、玲子の言っていたことは事実だった。

「あなたの正体はわかりました。それで、千華さんはS社で何をされているんですか？」

「エステティシャン。一応、あそこでは指名ナンバー1なのよ……エステの技術があるから、あなたのエステティシャンとしての評価ができるだろうって」

「で、俺はどうでした？」

「最低」

千華が吐き捨てるように言った。

「そうですか？　……やはりね。正式に学んでないから」

「でも……性感エステとしては抜群よ」

「ああ、よかった！」

「そういうことを除いても、あなたのこれは桁違いよ。素晴らしいわ。世の中にはこういう素晴らしいオチンポがあったのね。もっと早く知りたかった」

千華は長い髪をかきあげて、唇を合わせてくる。

ちゅっ、ちゅっとキスをして、舌を差し込んできた。ねろり、ねろりと舌をからめ、吸う。

そうしながら、腰を微妙に動かすので、功太郎のマラは膣に揉み抜かれる。

玲子から同業者かもしれないと言われていたので、警戒はしてきた。しかし、まさか我が社のライバルであるS化粧品が、うちを真似てエステサロンを計画しているとは……。

功太郎にバラしたのだから、自分が知らないだけで、すでに業界では知れ渡っていることなのだろう。

（給料が二倍か……）

代表補佐の給料が思ったより少なかったので、気持ちが動いた。しかし、自分は玲子に恩がある。自分はここを辞めるわけにはいかない。

千華がまた上体を起こして、少し前屈みになった。そして、腰の上下運動をはじめる。

M字開脚しているので、細長い漆黒の翳りの底にデカマラがズブッ、ズブッと埋まっていくのがよく見える。

嵌めシロがのぞいているから、完全にはおさまっていない。それでも、反って曲がった肉棹が翳りの底をうがち、出たり入ったりを繰り返すと、千華の様子がさしせまってきた。

「ああ、キツい。キツいのに気持ちいい。擦ってくるのよ。いいところをデカチンが突いてくる……ああ、もう、ダメっ……ダメ、ダメ、ダメっ……」

首をさかんに左右に振りながらも、千華は激しくスクワットして、飛び跳ねる。

そのたびに、たわわすぎる乳房がぶるん、ぶるるんと波打って、ピンクの乳首も縦に揺れる。

こうなると、功太郎も自分から動きたくなる。

「指を組んで」

下から両手を差し出すと、千華が上から指を組んで、握ってくる。そうやって、少し前傾させておいて、功太郎はつづけざまに下から突きあげてやる。浮いた尻を、下から大きく撥ね上げられる形になって、

「ぁあああ……壊れる。奥まで来てる。ぁああ、信じられない。全部、入ってる。ぁあああ、苦しい……子宮が、子宮が……やぁあああああ」

千華が嬌声を張りあげた。

勝気な美貌が今は、女の悦びと苦悶を合わせた顔になっている。

功太郎がここぞとばかりに腰を撥ねあげると、

「あん、あんっ、あんっ……」

千華は愛らしい声をスタッカートさせて、すっきりした眉を八の字に折る。

M字に開いた太腿の奥を、野太い肉柱がOの字にひろげながら抜き差しして、とろとろした蜜があふれでている。

「ぁああ、またイク……イク、イク、イッちゃう」

千華がのけぞった。

「こっちに……」

功太郎は背中と腰を抱き寄せて、つづけざまに突きあげた。ズンッ、ズンッ、

ズンッと打ち込むと、

「あん、あん、あん……イキますぅ……やぁあああぁぁ……くっ」

千華が絶頂の声を放って、次の瞬間、功太郎もしぶかせていた。

4

「さっきのヘッドハンティングの話だけど、もう少し考えさせてくれませんか？」

功太郎が言うと、千華はうなずき、

「わかりました。それより、もうここが硬くなりはじめているわ」

今はビジネスよりも、セックスが大事とでもいうように、顔をおろしていく。

「ああ、すごい……でも今のうちなら、楽にしゃぶれそう」

千華は裏筋を舐めあげ、包皮小帯をちろちろと舌であやしてくる。

ぱっくりと頬張って、根元まで呑み込んで、ストロークし、いったん吐き出し、

「まだ勃起途上がちょうどいい感じ。しゃぶりやすいもの……」

そう言って、また頬張り、顔を打ち振る。そうしながら、両手をあげて、功太郎の胸板に伸ばし、乳首をいじってくる。

「んっ、んっ、んっ……」

リズミカルに唇を往復させながら、胸板に伸ばした両手で乳首をつまんで、転がす。

「おお、気持ちいいよ」

思わず呻くと、千華は頬張りながら見あげて、微笑んだ。

功太郎の分身が完全勃起すると、さすがに根元までは無理のようで、途中まで唇をすべらせて、

「んっ、んっ、んっ……」

唇を巻き込むようにして、敏感なカリのくびれを刺激してくる。

乳首をいじっていた指が降りていって、右手で根元を握りしごき、左手で皺袋をお手玉でもするようにあやしている。

やはり、S化粧品からのハニートラップ要員として遣わされただけのことはある。美人で、ナイスボディで、テクニックもある。

(待てよ。指名ナンバー1のエステティシャンだといっていたな……そうか、

千華を逆にこちら側に引き込む手もある。競合社がエステサロンを開いたとしても、ナンバー1をこちらが引き入れれば……そのためには、俺とのセックスを忘れられなくするしかないな)

功太郎はそう心に決めて、誘った。

「ありがとう。また入れたくなった……今度は俺が上になる。できそうですか？」

「ふふっ、できそうよ」

千華は自ら仰向けになって、自分で足をひろげて、膝をつかんだ。

漆黒の翳りの底に、女の花園があさましいほどに花開いて、サーモンピンクの肉花を咲かせていた。

自分で言っていたように確かにこぶりであるが、肉びらは鶏頭の花のように褶曲《しゅうきょく》があって、分厚い。

(こぶりだが、好き者のオマ×コだな)

いきりたちを押し当てて、慎重に沈めていった。入口は窮屈だったが、それを突破すると、ぬるぬるっと押し広げていき、

「はうぅぅ……！」

千華は自分で膝をつかんだまま、のけぞり返った。

「おおぅ、くっ……たまらん」

功太郎は奥歯を食いしばって暴発をこらえる。

熱い粘膜がひくひくっとうごめきながら、硬直を締めつけ、内側へと吸い込もうとする。

功太郎は両手で膝を開いたまま押さえつけ、ぐさっ、ぐさっと突き刺していく。

すると、いつもよりデカくなって、怒張したイチモツが剥き出しになった膣口を犯していき、

「ぁあああ、許して……もう、許して……」

千華が訴えてくる。

「俺をスカウトしたいなら、このくらいは耐えないと話になりませよ」

「もちろん、平気よ。このくらい……もっと、もっと激しくちょうだい。千華のオマ×コを壊してちょうだい」

千華が覚悟を決めたかのように言う。

「いいでしょう。行きますよ」

功太郎は膝の裏をつかんで押し広げながら、腰をつかった。この体勢だと尻が浮いて、屹立が深く入る。

功太郎の巨根をもろに受けて、女性は苦しいはずだ。だが、千華はある一線を超えると、淫らになるタイプなのだろう。

「ぁああ、すごい……いいの。あなたのチンコ、超デカい。ビッグサイズがわたしを犯してくる。たまらない……たまらない……ぁああ、もっと、もっと犯してよ」

千華はそう口走って、さかんに顔を振る。

功太郎は右手を膝から外して、乳房をつかんだ。

巨乳を揉みしだくと、張りつめた乳肌から青い血管が透け出て、頂上より少し上に位置する乳首がいっそうせりだしてきた。

硬くしこっている乳首をつまんで転がし、捏ねる。また全体を揉みしだき、乳首をいじる。

そうしながら、巨根をめり込ませていく。

ズンッと子宮口まで届かせると、

「あんっ……ぁあんんっ……ぁああ、おかしくなる。ダメよ、こんなの……絶対にクセになっちゃう。この大きさ、クセになっちゃう。わかるのよ、わかるの……ぁあああ、許して。もう許して……」

千華が今にも泣き出さんばかりの顔で、訴えてくる。

「ダメだ。許さない……千華さんはこの巨根を忘れられなくなる。そして、俺に尽くす。もうきみはそういう運命なんだよ。ミイラ取りがミイラになる。そういう運命なんだよ」

言い聞かせて、足を放し、千華を抱きしめた。

キスをしながら、腰をつかう。

「んんっ、んんんっ、んんんっ」

くぐもった声を洩らしながら、千華はぎゅっとしがみついてくる。

舌をからませながら、イチモツを打ち据えていくと、

「ぁああああ……ダメぇ」

千華は自分からキスをやめて、

「あんっ、あんっ、あんっ……ねえ、わたし、へんなの。だって、またイキそうなの。わたし、今日何回イッたの？　覚えていられないほどにイッちゃってる。ぁあああ、槙村さん、わたし、あなたが好きよ。あん、あん、あん……イ

キそう。ちょうだい。あなたのミルクをオマ×コにかけてちょうだい」

千華がぎりぎりの状態で訴えてくる。

功太郎ももう我慢できなくなっていた。

「行くぞ。出すぞ……そうら、イッていいんだよ。イクんだ」

極太チンコを叩き込んだとき、

「イクぅ……！」

千華が大きくのけぞり、つぎの瞬間、功太郎も男液をしぶかせていた。


天蓋付きベッドで、仰臥した功太郎の胸板に顔を乗せて、千華がちゅっ、ちゅっとキスをする。その手がまた下腹部のイチモツに伸びたとき、その手を押さえて功太郎は言う。

「もっと、したいですか？」

「ええ、したいわ。いまだにアソコがじんじんして、疼いているの」

「だったら、条件があります」

「何？」

「千華さん、うちのエステティシャンになりませんか？」

「えっ……？」

「うちのエステティシャンになってください。厚遇しますよ」

「でも……社を裏切れないわ」

「それなら、もう千華さんとの関係も終わりですね。」

功太郎が上体を起こそうとしたとき、

「待って」

千華が止めて、功太郎を仰臥させ、上から言った。

「もしここに来たら、あなたは……」

「いいですよ。もちろん、千華さんをいついかなるときも抱かせていただきます」

「何度でも？」

「もちろん……」

「だったら、来るわ。ここに来る……だから」

「約束ですよ」

「はい……」

「いいでしょう」

功太郎が手を放すと、千華はその手を功太郎の下半身に伸ばし、長い髪の毛先で功太郎の肌をなぞりながら、ととのった顔を下腹部に移していった。

第八章　サウナの女王様

1

熱い……息が苦しい。汗が際限なく出て、肌を伝っていく。

功太郎は浅見玲子代表とともに、フィンランドサウナに入っていた。

今、流行りのサウナでの「ととのう」を実践するために、玲子が急いでサロンに新設したのである。

今は利用者が多くて、予約が取れないほどに混んでいる。

あらためて、玲子の時代に添い寝する感覚の鋭さを思った。

今、サウナには功太郎と玲子の二人しかいない。

玲子は髪を守るためにタオルを巻いている。男と同じように腰から下にもタオルを巻いているだけで、上半身には何もつけていないので、ツンと乳首の尖った美乳が丸見えだった。

しかも、きめ細かい肌にはびっしりと汗が噴き出して、胸の谷間には汗の滴《しずく》が流れている。

あらためて、自分の救世主である女性の驕慢な美に見とれていると、玲子が立ちあがって、ロウリュをする。

サウナストーブで熱せられた石に、アロマ水をかけると、一気に蒸気があがって、噎せ返るような湿気と熱さが襲ってくる。

玲子は自分の席に戻って、目を瞑《つむ》って、じっとしている。噴き出した汗がたらっと肌を垂れ落ちて、上気した顔が一段とセクシーだ。

「話があるって言ったけど、何？」

「ここで、しますか？」

「ええ、こういうところのほうがかえっていいのよ。話して」

普通はサウナ、水風呂、休憩を三セットして、「ととのう」のだが、今は三セット目だから、話すなら今しかない。

じつは……と、功太郎は男性用のメンズエステを考えていて、それを主体的にやらせてほしいと、玲子に提案した。

「メンズエステか……いいよね。じつはわたしも考えていたのよ。これからはメンズが外見を磨く時代よ。だから、きみのプランは悪くはない。それに、相手が男だから、きみのほうが客に寄り添えるわよね。でも、エステティシャンはどうするの？」

「はい……その、あの……」

「何よ。はっきりおっしゃい」

「チーフには、新藤紗季を考えています」

「ダメよ。彼女は女性用エステのチーフなのよ。彼女がいるから、うちは信頼されているの。悪いけど、それは無理ね」

「それをどうにかお願いします。すでに、新藤紗季の了承も取ってあります。彼女は私のためなら、何でもすると言ってくれています」

「ウタマロで丸め込んだのね。でも、ダメよ、それは無理」

「そうおっしゃるだろうと思って、新藤紗季の代わりの女性用エステ・チーフは用意してあります」

「誰？　うちのなかで彼女ほどのエステティシャンがいる？」

「うちにはいません。ですか、外部になら……」

「外部？」

「はい、競合他社であるS化粧品です」

「今度、エステサロンを開くところね。だけど、あそこは今、エステティシャンが一番必要なところよ。引き抜くなんて無理でしょ？」

「それが……すでに話はついています。彼女は必ずうちに来ます」

「彼女って、誰なの？」

「木下千華です」

「えっ、まさか？　うちの情報をさぐりにきたスパイじゃないの」

「そうです。ただし、千華はS化粧品の指名ナンバー1エステティシャンでもあるんです」

「それは、あなたから聞いたわ。その千華がS化粧品を裏切るってわけ？」

「そうです。必ず来ます」

功太郎は確信を持って言う。その顔を見て、ピンと来たのだろう。

「なるほど、そういうことね……あなた、彼女をこのウタマロで落としたのね。そして、うちに来ることを約束させた」

玲子がタオルの上から、イチモツをぎゅっと握ってきた。

「はい、そうです。彼女はうちに来ます。玲子代表が今、握っているこれのために」

「ふふ……大したものね。新藤紗季もこのウタマロで落としたんでしょ？　木下千華までも……最初はわたしの使い走りだったのに、いつの間にか、ロボットが意志を持つようになった」

玲子が勃起してきたイチモツをぎゅっと握った。

「すべて、代表のお蔭です。俺は代表によって育てられました。もしあのとき、玲子さんとああいうことにならなければ、俺は今でも総務部の窓際族です。感謝しています。私はいつまでも玲子さんのシモベです。今回の件も、代表のサロンをさらに飛躍するためにやらせていただいたことです。うちの男性用チーフに新藤紗貴を。女性用チーフに木下千華をお願いいたします。必ず上手く行きます。もう上手くいかなかった場合は、俺を解任してください。お願いいたします。この通りです」

そう言って、功太郎はサウナの床に土下座して、深々と頭をさげ、額を擦りつけた。

「どうしようかしら？　そう言えば、あなたとしばらくしていなかったわね。ここで、しましょうか？　その決意がどれほどのものか見極めてあげる。わたしを満足させることができたら、その案を通してあげてもいいわ」

玲子が大きく足を開いた。タオルが落ちて、細長く手入れされた漆黒の陰毛がそそけだっているのが見えた。

どこまで行っても、玲子の驕慢な態度は変わらない。だが、功太郎はこの驕慢さを愛したのだし、それは今も変わらない。

この汗が噴き出る状況で、どこまで玲子を満足させられるかどうかはわからない。しかし、今こそ、これまで培ってきた愛撫のテクニックを総動員して、玲子をイカせたい。

功太郎は、もっとも熱いと言われる上段に座っている玲子の前にしゃがみ、翳りの底を舐めた。

狭間に舌を走らせているうちに、

「ぁああ、あああああ、いいわ……あなたの舌、つるつるしてるのに、ざらざらもしていて、ちょうどいいのよ。はうぅぅ、もっと、もっとよ」

玲子がますます足を大きくひろげて、すでに洪水状態の濡れ溝を擦りつけてくる。

玲子のオマ×コなら、永遠に舐めていられる。しかし、熱い。

功太郎は熱せられた空気を気管に吸い込むことが苦手だ。すぐに噎せそうになるし、気管支が焼けそうになる。

今も、恥肉を舐めているだけで、息苦しい。だいたいサウナに入っている時間は八分間と決められているが、もうそろそろ八分を越えようとしている。

だが、玲子はサウナ好きで、このむっとした湿気と高温に強い。

汗がじわっと出てくると、それだけで美容効果を実感してうれしくなるのだと言う。

「どうしたの？　やる気が感じられないんだけど」

「すみません。サウナに弱くて……倒れそうなんです」

「じゃあ、新藤紗季も木下千華も使わせてあげないわよ。それでいいの？」

「それは困ります」

「じゃあ、耐えなさいよ。倒れるまで尽くしなさいよ」

「はい……すみませんでした」

「いいわ。上段に座って、足をひろげなさい」

玲子が言う。功太郎はふらふらしながらも、上段に腰をおろして、足を開いた。バスタオルを敷いてあるから耐えられるが、木の段は触れるだけで熱い。

すると、その前に玲子がしゃがみ、半勃起状態のものを握って、ぶんぶん振

り、

「まだ柔らかくても、エゲつないわね。ぐにゃぐゃにした特大ソーセージみたい。ふふっ、段々硬くなってきた。いやだわ……あっと言う間にギンギンにして……何よ、これ？　血管が浮き上がって、根っこみたいよ。亀頭もてかてかしてる。何よ、このカリの出っ張りとくびれ……おぞましいわね。こんなおぞましいもので、女がよがり狂うのね。懲らしめてあげる」

そう言って、玲子がそのくびれを舐めてきた。

くびれからカリの傘へと舌でピンッと弾かれると、

「あっ……！」

あまりの快感に、功太郎は喘いでしまう。

「ふふっ、お前の急所はわかっているのよ。わたしに逆らおうとしても無理なの。お前はいつまでもわたしのシモベ。わかったわね」

玲子は髪をタオルでまとめた顔で見あげて、全身から汗が滲み出して、汗が玉になっていて、その濡れた肌が艶かしい。

それで、裏筋をツーッ、ツーッと舐めあげられると、ここが現在室温八十度のサウナのためか、なめらかな舌と口腔の感触がひんやりして、やけに気持ちいい。

舐めあげられて付着した唾液を冷たく感じて、それが新鮮だ。

「相変わらずのデカチンね。このウタマロで何人の女性を落としたの？　よかったわよね。わたしと出逢えて……」

「はい、おっしゃるとおりです」

「いつまでも、わたしのシモベでいるのよ。わたしを超えようとなんてしないことね」

「はい、充分に承知しております。代表を超えようなんて不埒《ふらち》な思いは微塵《みじん》もありません」

忠誠を誓うと、玲子は太棹を上から頬張ってきた。

極太サイズの亀頭部に唇をかぶせて、短いストロークで往復されると、ジーンとした快感がうねりあがってきた。

玲子はさらに右手で余っている根元を握り込み、ゆったりとしごく。

「おおぅ、気持ちいいです……」

思わず言う。

すると、玲子は手コキのピッチをあげ、同じリズムで亀頭部を口でしごきはじめた。

「んっ、んっ、んっ……」

つづけざまに擦られて、ジーンとした快感がうねりあがってくる。

やはり、玲子はフェラも上手い。

しごくリズムを変え、左手も動員して、皺袋をあやしてきた。睾丸を柔らかくマッサージして、お手玉のようにぽんぽんする。

それから、ぐっと姿勢を低くして、睾丸を舐めてきた。

「ああ、いけません。代表がこんなことをなさっては……」

「いいのよ。したいから、しているだけだから」

玲子が見あげて言って、また姿勢をさらに低くした。顔を横向けて、熱さでゆるんで垂れ下がっている睾丸をひとつ頬張った。

口腔に吸い込み、じゅくじゅくともてあそんだ。

一方を終えて、もう片方も口に含み、揉みしだいてくる。そうしながら、右手で握りしめた茎胴をぎゅっ、ぎゅっとしごいてくる。

二つの睾丸を舐め終えた玲子が裏筋を舐めあげ、上から太棹を頬張ってきた。

今度はゆっくりと根元まで唇をすべらせる。

「ぐふっ、ぐふっ……」

噎せながらも、決して放そうとはせずに、一途に頬張ってくる。

亀頭部から根元まで唇を往復させながら、功太郎の両腿を撫でてくる。

代表が一生懸命に自分を感じさせようとしている姿に、功太郎は深い感銘を覚えた。

2

ちゅるっと吐き出して、玲子は艶かしい目で功太郎を見つめながら、立ちあがった。上の段に座っている功太郎をまたいで、木製の座面にあがる。

対面座位の格好で足をM字に開き、いきりたっている太棹を翳りの底に導いた。

「やはり、並の大きさじゃないわね。ひさしぶりだから、入るかしら？」

玲子は長大な肉棹を握って、先端を濡れ溝に擦りつけた。太棹を動かして、亀頭部で溝を擦り、

「ああ、いい……太いと、全然違うのね。こうしているだけで、膣がきゅん

きゅんする」

喘ぐように言って、慎重に沈み込んでくる。

太さ五センチ、チン長二十センチのウタマロが窮屈な入口を押し広げていき、

「くうぅぅ……！」

玲子が動きを止めて、しがみついてきた。

「大きい。尋常でなく太い……あなたは選ばれた人なのよ。それをわたしが発掘した。宝物はそれを発見した人に所有権があるのよ。そうでしょ？」

「はい……おっしゃるとおりです」

「わたしだって、奥まで入れられるわ」

玲子が覚悟を決めたように、一気にいっそう腰を落とす。すると、八インチ砲がめりめりっと肉路をこじ開けていって、

「はうぅぅ……！」

玲子が肩につかまって、上体を大きく反らせる。かなり苦しいはずだ。だが、

玲子は歯を食いしばりながら、ゆっくりと腰を振りはじめる。

のけぞるようにして、腰をぐいぐいと前後に振り、硬直を揉み込んでくる。

「ああ、気持ちいい……最初はキツいけど、徐々に馴染んでくる。女性の膣

って素晴らしい順応力を備えているみたい……でも、一度この極限状態を味わうと、そのへんのチンポじゃ，物足りなくなってしまうのよね。ぁああ、だんだん良くなってきた。いったん良くなると、癖になってしまう……狭いわ。きみのおチンチン、狭い。ぁあああ、止まらない」

玲子は喘ぎながら、ますます激しく腰をつかう。

しがみついているので、汗でどろどろの肌が密着していて、すべる。

室温は八十度を越えて、湿気も七十パーセントに達している。

「ぁああ、たまらない……もう、止まらない」

玲子が両手を功太郎の肩に置いて、スクワットでもするように腰を上下に振りはじめた。

「あんっ、あんっ、あんっ……」

甲高く喘いで、飛び跳ねる。

功太郎は左手で玲子の腰を支えながら、右手では乳房を揉みしだいた。

噴き出した汗で乳肌がすべる。そのちゅるちゅるとした感触がたまらない。

玲子の腰の上下運動に合わせて、乳房を揉みあげると、

「ぁあああ、ああああ……おかしくなる。わたし、おかしい……ぁあああ、ブ

ッといの。きみのチンポ、ブッといのよ」

玲子は会社の代表とは思えないあさましいことを口にして、腰を上げ下げする。

功太郎はその間も、汗でぬるぬるの乳房を揉みしだき、時々腰を撥ねあげてやる。

「ぁあああ、ねえ……脱水症状を起こしそう……外に出たいわ。このまま、入れたままで外に出たい。できるよね、駅弁ファック……」

「で、できると思います。持ちあげますよ。しっかりとつかまっていてくださいよ」

功太郎はリクスエトに応えて、玲子の尻と太腿を抱えて、エイヤァとばかりに立ちあがる。

思ったより、軽い。

しかし、駅弁ファックで段を降りるのは容易ではなかった。

第一、足元が見えない。

それに、功太郎ももう脱水症状間際でふらふらしている。しかし、ここで玲子を落としたら、功太郎のサクセスストーリーは終わる。

丹田《たんでん》に力を込めて、巨根で突き刺しながら女体を持ちあげる。

玲子を抱えて慎重に段を降り、ドアを開けて外に出た。

サッーと冷気が肌を刺してきて、それが気持ちいい。

「このまま、水風呂につかりたいわ。できるよね？」

玲子がまさかのことを言う。

「無理ですよ。俺、死んじゃいますよ」

「あらっ、じゃあ、さっきの件、なかったことになるわよ」

「やります！」

水風呂は大の苦手で、これまでつかれたことがない。しかし、そうは言っていられない。

（メンズエステを成功させるには新藤紗季が。女性用エステを成功させるには、木下千華が必要だ。やるんだ！）

功太郎は駅弁ファックしたまま，狭い円形の湯船に足から入っていく。

水風呂はゆっくりつかろうとすると、かえってダメだと聞いたことがある。

一気につかれば、意外と大丈夫らしい。

「くううう！」

歯を食いしばって、一気に水風呂につかった。

冷凍庫に放り込まれたように、冷たさが押し寄せてきて、肌が痛い。心臓がドクドクドクと早い鼓動を打つ。

どうにかして半身までつかると、

「ぁあああ！」

玲子も嬌声をあげて、しがみついてくる。

「大丈夫ですか？」

「平気よ。このくらい……」

玲子が強がりを言う。

功太郎は半身浴用の一段と高くなったところに腰をおろす。

すると、玲子が腰をつかいはじめた。両手で功太郎の肩につかまって、足を段に置いて踏ん張り、ぐいん、ぐいんと腰を前後に振って、濡れ溝を擦りつけてくる。

「ぁああ、気持ちいい……あなたも気持ちいいでしょ？」

「ああ、はい……すごいです。すごい……」

「ととのう」どころではない。しかし、刺激的でもある。

水風呂につかって、玲子とファックしているのだから。

だが、さすがに冷たさに耐えきれなくなってきた。

「すみません。出ますよ」

功太郎は玲子とつながったまま、駅弁ファックの形で外に出た。

ついつい結合が外れて、イチモツが重そうな頭を擡げている。

それを見た玲子がすかさずしゃぶりついてきた。床にしゃがんで、そそりたつ巨根に唇をかぶせて、

「んっ、んっ、んっ……」

細かく刺激を与えて、それがいっそうギンとしてくると、ちゅるっと吐き出した。

3

「もう一度、なかでしましょ」

玲子に言われるままに、二人でサウナに入る。

いったん冷やしたせいで、またエネルギーが湧きあがってきた。サウナルー

ムのむっとした熱気のなかで、玲子が下の段に両手を突いて、尻を後ろに突き出してくる。

「ちょうだい。早く」

「さっきの件は了解と受け取っていいんですね？」

「それはまだわからない。あなたがわたしを満足させたら認めるって言ったでしょ？　わたしはまだ満足していないのよ」

功太郎はいきりたつものを尻たぶの底に押し当てて、じっくりと沈めていく。

ウタマロが女の筒をひろげていき、

「ああああぅ……大きい。きみの、何度体験しても大きい……ぁああ、ひろがってしまう」

玲子が木製の座部をつかんで、顔を撥ねあげる。

よく締まる肉路のうごめきを感じながら、功太郎はじっくりと攻める。

デカチンはガンガン突くよりも、ゆったりとストロークをしたほうが、より効果がある。そのことがわかりはじめていた。

腰をつかみ寄せて、スローピッチで抜き差しをする。

それも、奥まで埋め込むのではなく、途中まで入れて、そこから引く。こうすると、カリがGスポットを刺激して、女性は快感が高まるのだ。

浅瀬までの抜き差しを繰り返していると、玲子が気持ち良さそうに喘いだ。

「ああ、すごい。Gスポットをひっ掻いてくる。デカチンがひっ掻いてくるのよ。ぁああ、気持ちいい……腕をあげたわね。前はこんなこと、できなかった」

「俺も、あまたのレディを相手にしてきましたから」

「よくここまで頑張ってくれたわ。わたしがここまで出世できたのも、あなたのお蔭よ」

「いいえ、すべて代表の指示に従っただけですから」

「その間に培ったテクニックを見せてほしいわね。ちょうだい。わたしをイカせて」

功太郎は後ろからつながったまま、前に屈んで乳房をとらえた。

たわわなふくらみをつかんで、揉みしだき、頂点の乳首を捏ねる。

捏ねながら、ゆっくりと屹立を抜き差しする。すると、これがいいのか、

「ぁああ、あうう……気持ちいい。気持ちいい……」

玲子は心から感じているという声をあげて、顔をのけぞらせる。

功太郎は乳首をつまんで、くりっ、くりっと転がした。すると、玲子は焦れ

つたそうに腰をくねらせて、

「ぁああ、突いて……突いてよぉ」

ストロークをせがんでくる。

功太郎は胸から手を離して、玲子の右腕を後ろにまわさせて、前腕をつかむ。そして、引き寄せるようにして、ゆったりと腰をつかう。

「ぁああ、いい……これ、響いてくる。ズンズンくる」

「そうら、イッていいんですよ」

功太郎は玲子の右腕をつかみ寄せながら、屹立を送り込んだ。奥までは届かせないで、意識的に浅瀬のGスポットをカリでひっ掻くようにして、小刻みに刺激する。

むっとするような熱気が押し寄せてきて、息苦しい。

「あんっ、あんっ、あんっ……ぁあああ、気持ちいい。気持ちいい……ぁあああ、ダメっ……オシッコが出る」

急に、玲子が訴えてきた。

功太郎は、女性がオシッコをしたくなるのは、潮吹きの前兆であると聞いていた。それに、気を遣るときにオシッコがしたくなるとも。

「それは、オシッコではなくて、多分、潮吹きです。潮を吹いたことは？」

「ないわ……でも、それらしい感じはこれまでもあったの」

「じゃあ、絶対に潮吹きですよ。いいんですよ。ここは、自分の会社のサウナです。潮吹きしたって、全然問題ない。すぐに熱気で蒸発しちゃいますよ。そうら、出していいんですよ」

功太郎は玲子の右腕をつかんで引き寄せながら、小刻みに巨根を抜き差しする。

するとカリがGスポットを擦って、

「あああ、ダメっ……本当にダメっ。出る、出る、出ちゃう！」

「いいんですよ、出して……羞恥心を拭い去ってください」

「無理よ、無理……」

「無理じゃありません。そうら、快感に身を任せるんです」

功太郎はつづけざまにGスポットをカリで擦りあげた。引くときに力を込めて、連続してストロークすると、いよいよ玲子の様子がさしせまってきた。

「ダメ，ダメ、ダメ……本当にダメ。出ちゃう、出ちゃう！」

「出していいんです。吹くんです」

功太郎がスコスコスコッとカリで粘膜を摩擦した直後に、

「い、いやぁああ……あっ……」

玲子の動きがぴたりと止まった。何かが噴き出してくるのを感じて、とっさに肉棹を引き抜くと、
ブシュ、ブシュ、ブシュッ……。

透明な液体が放たされて、放物線を描き、床を激しく打った。

「ああああ、いやぁ……見ないでぇ」

玲子はそう叫びながら、がくん、がくんと震えている。

そして、潮吹きは間欠泉《かんけっせん》のように吹いてはやみを繰り返している。

長い間吹きつづけていた潮がようやく終わって、玲子はがっくりと崩れ落ちた。

「イキましたか？」

「イッてない。イク前に吹いちゃったから」

「じゃあ、止めを刺させてください」

玲子を木部に這わせて、後ろから屹立を埋め込んでいく。たてつづけに打ち込むと、

「あんっ、あんっ、あんっ……ぁあああ、イキそう。今度は本当にイキそう」

玲子が訴えてくる。

「イッていいですよ」

「ああ、ちょうだい」

功太郎が吼えながら叩きつけたとき、玲子が昇りつめ、直後に功太郎も男液を放っていた。

第九章　ラストは３Ｐで

1

潮吹きさせたのが功を奏したのか、玲子はメンズエステの設立と、そのチーフ・エステティシャンに紗季を使うことを認めてくれた。同時に、女性用エステのチーフとして、うちに引き抜いた木下千華を抜擢することを決定した。

だが、認める代わりに、玲子はこういう条件をつけてきた。

「あなたのＶＩＰ専用ウタマロサービスはつづけてよ。それと……わたしはその代償が欲しい。王宮のお妃《きさき》気分を味わいたいわね。接待するのは、あなたと新藤紗季よ。たっぷりとお妃気分を味わわせていただくわ」

その提案を紗季に報告したところ、

「それで認めてもらえるなら、悦んでやらせてもらうわ。わたしの魔法の指でひぃひぃよがらせてやる。功太郎さんがそのウタマロでがんがん攻めたててやれば、よがり泣きして、逆にわたしたちの虜になるわよ。この路線が上手くいったら、わたしたちでメンズエステの支店を増やして、乗っ取ってやりましょうよ。メンズだけ独立してもいい。ふふっ、あの女がおろおろする様子が目に浮かぶようだわ」

紗季はそう言って、微笑んだ。

女は怖いと感じた。だが、メンズエステが順調にいったら、紗季の案に乗るのも悪くはない。そうなったら、自分は社長になれる。もちろん、玲子には感謝しているが、会社のトップに立つことは男の願望である。

そして、玲子に王宮のお妃気分を味わってもらうために、エステサロンの奥に秘密裏に作られたＶＩＰ専用ルームを使用することにした。

エステサロンが休日のとき、玲子を招待した。

サウナで寛いでいただき、我が社の発売している美味しいアルコールとサプリの入った、目が飛び出るほどに高い飲み物を試飲してもらった。じつは、これは催淫効果のあるもので、性欲を高めたい女性専用に開発したものだ。

功太郎がひそかに開発させているもので、催淫効果があることを玲子には伝えていない。喉が渇いていた玲子は、美味しそうにごくっ、ごくっと飲み干した。これで、しばらくすれば身体が火照り、下腹部がうずうずしてくるはずだ。

それを知らない玲子は、上機嫌で天蓋付きベッドに横たわった。

一糸まとわぬ姿なので、美乳も下腹部の翳りもあらわになっている。

「では、はじめさせていただきます」

新藤紗季がベッドにあがって、玲子を仰臥させた。

そして、マッサージ用ローションを肩から背中に塗り伸ばし、背中からヒップへとマッサージしていく。

細く締まったウエストから、急激にひろがっていくヒップの曲線が強調されていて、そこがローションで妖しくぬめ光りはじめた。

紗季の指が尻から太腿にかけて撫で下ろしていき、膝から太腿へと揉みあげて、リンパを流す。

それをつづけるうちに、ヒップがぐぐっ、ぐぐっとせりあがる。

紗季は手をおろしていき、足指を丁寧にマッサージする。

そこから、またあがっていき、太腿を恥肉に向かってなぞりあげられると、明らかに感じている様子で、腰が持ちあがり、尻たぶの底の翳りまで見える。

こうして見ていても、紗季が自信満々だった理由がわかった。

紗季はこうすれば、女性が感じるというポイントを知り尽くしているのだ。

「では、仰向けになってください」

紗季に言われて、玲子が仰臥する。

いつ見ても、素晴らしく官能的なプロポーションだった。

「お美しいですね。羨ましいです」

紗季はそう白々しく褒めながら、マッサージオイルよりすべりのいいローションを、首すじから肩、さらに乳房へと塗り込めていく。

すると、玲子が快感を抑えている様子で言った。

「さすがね。確かに、あなたの指は魔法の指だわ。認めてあげる。でも、忘れないでよ。あなたはわたしの手のひらのなかで踊っているの。わたしがここのトップなの。分不相応なことは考えないことね」

「わたしが、何かそういうことをしましたか？」

「……あなたをメンズエステのチーフに抜擢したいと言ってきたのは、そこの槙野なのよ。わたしじゃない。あなたの上司が槙野だと勘違いされると困るのよ。あなたの決定権を握っているのは、このわたし。それを忘れないで」

「もちろん、わかっています」

さすが玲子、紗季の心の奥が手に取るようにわかるのだろう。

だが、紗季は一切の動揺を見せない。それどころか、指遣いはますます巧妙さを増し、乳房を揉みあげ、そのまま乳首をくりっと転がす。

「……ああ、くっ……」

玲子は顔をのけぞらせながら、抑えきれない喘ぎを洩らす。

媚薬効果のあるサプリが効いてきたのだ。

四十路を越えても、肉体はまだまだ若々しい肌の張りを見せ、おそらくEカップはあるだろう美乳はローションでぬるぬるになって、ピンクの乳首も妖しくぬめ光っている。性的な感受性は四十路になって、ますます豊かになっているはずだ。そこに媚薬を摂取して、魔法の指でマッサージされれば、ひとたまりもないだろう。

カリスマ・エステティシャンの指がかろやかに、繊細に乳肌を舞うと、

「あっ……あっ……！」

玲子がびくっ、びくっと敏感に反応しはじめた。

功太郎もベッドにあがって、玲子の足を撫で、足指をマッサージする。そうしながら二人の美女の裸身の競演に見とれる。

乳房から肩、腕とまわすようにマッサージしていた紗季の指が脇腹を撫でた。

スーッ、スーッと脇腹を箒で掃くようになぞられて、

「あっ……あっ……」

玲子はびくっ、びくっと鋭く反応して、下腹部をせりあげる。

次の瞬間、紗季の指が内腿へとすべり込み、翳りに向かってなぞりあげていった。太腿を揉みあげ、撫でさすり、ついには、鼠蹊部に沿って、ローションを塗り込まれて、

「ああああ、もうダメっ……功太郎、ちょうだい。功太郎のウタマロをちょうだい」

玲子がぐいぐいと恥丘をせりあげながら、功太郎をとろんとした目で見る。

『功太郎』と呼ばれたのは、初めてのような気がする。やはり、玲子も紗季を意識して、親密さを見せつけているのだろう。

「代表、まだ早いです。もう少しわたしにマッサージさせてください……功太郎さん、代表がこんなに頼んでいるんだから、おしゃぶりさせてあげたら」

まさかのことを言って、紗季が微笑んだ。

女王様同士の争いは、熾烈《しれつ》を極めているようだ。

どうしようか迷ったが、

「それでよろしいですか？」

お伺いを立てると、玲子がうなずいた。

功太郎は玲子の顔をまたぐようにして、斜め横からいきりたつものを押しつけると、玲子は顔を横向けて、ウタマロにしゃぶりついてきた。

自分から肉棹を口の中に手繰り寄せ、「んっ、んっ、んっ」と顔を打ち振って、唇を激しくかぶせてくる。

自社のチーフ・エステティシャンの前で、玲子は自分の地位を省みることもせずに、大胆にイチモツにしゃぶりついている。

おそらく、プライド以上に、この男は自分のものであるという現実を紗季に見せつけたいのだろう。ここまでできなくては、女同士の勝負には勝てないのだ。

功太郎は喉を突かれては苦しいだろうからと、じっとおさめたままにしておく。すると、玲子はなかでねろり、ねろりと舌をからませ、チューッとバキュームする。

頬がぺこりと凹み、きりっとした美貌がゆがんでいる。顔が醜《みにく》くなることをわかっているはずなのに、玲子は部下のイチモツをバキュームフェラする。

（やっぱり、この人は只者ではない）

そう感じたとき、

「んんんっ……！」

玲子が頬張りながら、呻いた。

見ると、紗季の指が玲子の翳りの底に入り込んでいた。

二本の指を沈ませて、紗季はじっくりと抜き差しし、なかで指を躍らせている。

きっとＧスポットを指腹でひっ掻いているのだろう、玲子はブリッジするように腰を浮かせ、

「あああ、あああ……」

肉棹を吐き出して、眉根を寄せる。

「代表、ちゃんとおチンチンを咥えてください。大きすぎて、咥えづらいのはわかるけど……ほら、ちゃんと咥えないと、もうやめますよ。イキたいんでしょ？　代表が潮吹きするって、功太郎さんから聞いています。潮吹きしたいんでしょ？　わたし、潮吹きさせるの得意なの。何しろ、魔法の指だから。そうら、ここかしら？」

「あああ、そこ……ダメ、ダメ、ダメ……お願い、やめて……」

「いいのよ、吹いて……そのために、防水シートを敷いてあるんだから。どれだけ吹いても、大丈夫。安心して、吹きなさい。ここよね、ここよね」

紗季が二本の指を膣に押し込んで、Gスポットを擦りながら、抜き差ししているのがわかる。

「んんんんっ、んんんんっ！」

玲子が太棹を頬張ったまま、くぐもった声をあげて、自ら腰をあげたり、さげたりする。

やがて、痙攣のさざ波が太腿に走り、ついには、

「んんんんっ、うぐっ！」

玲子はウタマロを咥えたまま、ピーンとのけぞった。

紗季がさっと指を抜くと、シャ、シャーと潮が放物線を描いて、飛び散り、
玲子はがくん、がくんと激しく顔を振る。

二度、三度と分かれて、噴出した潮は防水シートをびしょびしょに濡らし、
小さな水溜まりを作った。

放出がやむと、玲子はがっくりとして微塵も動かなくなった。

2

ぐったりしていた玲子が目を開けて、功太郎を呼んだ。

「ねえ、ちょうだい。とどめを刺してよ」

ここは期待に応えるしかない。功太郎は両膝をすくいあげた。

繊毛の底があさましいほどにひろがって、内部のサーモンピンクの粘膜がぬらぬらと光っている。

唾液まみれのイチモツを押し当てて、ゆっくりと体重をかけた。すると、玲子の膣口が無残なまでに押しひろげられていき、

「はうぅぅ……！」

玲子が大きく顔をのけぞらせた。

功太郎は膝裏をつかんだまま、ゆっくりと抜き差しする。強い刺激を与えているわけではないが、さっきの潮吹きでもう出来上がってしまっているのだろう。

「ああ、ああ……これよ。このウタマロが忘れられない。ぁああうぅぅ……

気持ちいい」

玲子がのけぞり、それを見た紗季がなぜかその唇にキスをした。

（レズかよ……？　そう言えば、さっき紗季が潮吹きさせるのが得意だって言っていたな。ということはつまり、紗季は女性もイケるってことだ）

紗季はねっとりとした濃厚なキスをしながら、ローションでオッパイをちゅるちゅると揉みしだいている。

そして、玲子はその愛撫を拒もうとしない。

（そう言えば、この前読んだ記事に、女性には美しいものを愛《め》でる本能があって、ほとんどの女性はレズ的な要素を持っていると書いてあったな。玲子も紗季も美人だから、お互い競い合いながらも、どこかで性愛の対象として見ていたのかもしれない）

そう考えれば、この事態も納得できる。

紗季は唇へのキスをやめて、ピンクの乳首を舐め、吸いながら、脇腹を撫でる。

「あああ……」

と、玲子が喘ぎ、仄白い喉元をさらす。

その様子を見ているうちに、これは異常ではなく、ごく自然なことのような気がしてくるから不思議だ。それに。二人とも美貌の持ち主なので、二匹の艶かしい白蛇がからみあう妖しい姿に、功太郎もついつい昂奮してしまう。気がついたときは、腰を強くつかって、八インチ砲を玲子の体内に激しく打ち込んでいた。すると、玲子はそれに応えて、

「あんっ、あんっ、あんっ……ぁああ、天国よ。気持ちいい……まさに、王妃の気分よ。ちょうだい。もっとちょうだい……あんっ、あんっ、あんっ……ぁあああ、ねえ、また、またイッちゃう！」

玲子が顔をのけぞらせる。

紗季は魔法の指で乳房を揉みしだきながら、もう一方の手をおろしていき、繊毛の下の結合部を触りはじめる。

内側に巻き込まれたクリトリスを引っ張りだすようにして、肉芽にローションを塗り込めながら、円を描くようになぞる。

功太郎の勃起にも紗季の指が触れて、刺激的だ。それ以上に、玲子は気持ちいいのだろう。ぐぐっと顎をせりあげ、紗季の指先に恥丘を擦りつけるようにして、

「ぁあああ、これ、気持ち良すぎる……両方気持ちいいのよ。クリも奥も。ぁ

ああ、またイキたくなった。イカせて。お願い」

「行きますよ。そうら……」

功太郎は膝裏をつかんで、押し広げながら、奥まで届かせる。今回は潮吹きではなく、純粋にイカせたい。そのためには、奥のポルチオを突いたほうがいい。

功太郎はつづけざまに強烈なストロークを浴びせる。

「ああ、あああうぅぅ、イキそう……またイク……」

「いいですよ。イッてください」

紗季が結合部のクリトリスを転がしながら、乳首を吸い立てると、玲子の様子がいよいよさしせまったものになった。痙攣が裸身の至るところに走っている。

「ああ、イク、イク、イッちゃう……うはあああ、イクぅ！」

玲子はさしせまった声をあげて、がくん、がくんと躍りあがった。

紗季がいまだクリ攻撃をやめないせいか、長い時間、イキつづけている。

いったん終わったオルガスムスがまた起こって、紗季は何度ものけぞり返る。

功太郎が怒張を抜くと、ぐったりして動かない玲子を確認して、紗季がせまってきた。

功太郎を押し倒して、いきりたっている巨根を握り、ちゅるちゅるとしごいて、

「わたしにもちょうだい。代表ばっかりじゃ、わたし、拗《す》ねちゃうかもよ。こういうのは、平等にしないといけないの。どちらか一方に偏《かたよ》ると、女は途端にヘソを曲げてしまうものよ。わかった？」

紗季が握りしごきながら、言う。

「でも、代表が？」

功太郎は玲子を見る。すると、玲子が思わぬことを言った。

「いいわよ、して……」

にっこりして、紗季が頬張ってきた。

つい今し方まで、ライバルの膣に埋まっていたフトマラを、いさいかまわずに舐め、しゃぶり、ねっとりと舌を這わせる。

功太郎には二人の気持ちがわからない。目の前での、功太郎と紗季のセックスを認めた玲子の気持ちが。そして、玲子の淫蜜がたっぷりと付着したイチモツを舐めている紗季の心境が。

もしかして、女性という存在は、功太郎の認識をはるかに超えた存在なのかもしれない。紗季が感心したように言った。

「やっぱり、太くて、長い。しばらくしていないと、口が開かないわ。でも、代表ができたんだから……」

紗季はそそりたつ八インチ砲をふたたび頰張ってきた。

今度は、一杯に口を開いて、ウタマロを口内におさめ、ちょっと顔の角度を変えた。

ゆったりと顔を振ると、リスの頰袋のような頰のふくらみが移動して、亀頭部がどれだけデカいかがわかる。

紗季はどうすごいでしょ？　という顔で功太郎を見あげた。

目で微笑みながら、顔を反対に傾けて、頰をふくらませる。

そうやって、ハミガキフェラをしながら、睾丸を持ちあげるようにあやし、表情で見あげてくる。

「うんっ、んっ、んっ……」

次はまっすぐに咥えて、太棹に唇をからませてくる。

途中から、亀頭冠に唇を引っかけるようにして、細かくストロークさせ、根元を握った。

亀頭冠をぐちゅぐちゅと唇と舌で擦りながら、根元を握りしごく。

「おおぅ、たまらない……」

思わず言うと、紗季はますます強く茎胴を握り、しごき、同じリズムで唇を往復させる。

カリスマ・エステティシャンは愛撫の能力も高かった。暴発をこらえていると、紗季は肉棹をちゅるっと吐き出した。

このままでは挿入は厳しいと感じたのか、ローションを塗り付けてくる。手で温めたローションをにゅにゅると伸ばしながら、手コキしてくる。

ウタマロが潤滑度を増すと、大胆にまたがってきた。

仰臥した功太郎の下半身をＭ字開脚してまたぎ、そそりたっているものを導いて、ゆっくりと沈み込んでくる。

亀頭部が膣口を割って、いったん紗季は腰を浮かした。それから、もう一度、腰を落とす。

今度はカリがすべて嵌まり込んでいき、

「うぁあああ……大きすぎる！」

紗季は歯を食いしばりながらも、腰を落とし込んでくる。

3

騎乗位でまたがった紗季が、前に手を突いて、腰を縦に振りはじめた。

途中までしか挿入できていないので、嵌めシロが半分くらいは見える。

しかし、リラックスすれば、自分の体重で自然に挿入は深くなる。

徐々に嵌めシロが少なくなり、ついには、根元まですっぽりと巨根が嵌まり込んで、

「あうぅぅ……すごい。このチンポ、すごすぎる」

紗季は美貌をくしゃくしゃにして言う。

功太郎はしばらくじっとして、その圧迫感を味わった。性能抜群の膣が二十センチ砲をさらに奥へと吸い込もうとして、ぎゅっ、ぎゅっと締まる。

「あああ、くっ……たまらない」

思わず言うと、紗季は両手を後ろに突いて、上体を反らし、腰を前後に振りはじめた。

すごい光景だった。

大きくＭ字開脚しているすらりとした足の中心に、野太いマラががっちりと嵌まっていて、紗季が腰をつかうたびに、それが出入りする。

そのとき、目の前に覆いかぶさってくるものがあった。

玲子の顔だった。

あっと思ったときは、唇を奪われていた。玲子は濃厚なディープキスをしながら、胸板をなぞり、乳首をいじる。

「ちょっと、どいてくださいよ」

紗季に邪険にされて、

「わたしはあなたの上司よ。メンズサロンの件はなかったことにするわよ。それでいいのね？」

玲子が言い返し、紗季が押し黙って、ここは玲子に軍配があがった。

紗季はその悔しさをぶつけるように腰をつかい、グラインドさせては、

「ぁああ、あああああ……気持ちいい……功太郎のおチンポ、気持ちいい。わたしのオマンマンをひっ掻きまわすのよ。ぁああ、すごい、すごい……イキそう。もう、イッちゃいそうなの」

逼迫した声を放つ。

「いいですよ。イッてください」

「ぁああ、でもイッたら、また、代表とするでしょ？　それが悔しいの……でも、でも……ぁあああ、我慢できない。イクわ、イク、イク、イッちゃう……ちょうだい。出してぇ！」

ぐいと締めつけられて、功太郎は射精しそうになり、それをぐっとこらえた。

次の瞬間、

「イクぅ……！」

紗季がのけぞり返った。

裸身を痙攣させて、びくっ、びくっと躍りあがっている。

すると、功太郎はぎりぎりのところで射精を免れた。

玲子が紗季を押し退けて、ぶるんっとこぼれでた肉棹にしゃぶりついてきた。

紗季の愛蜜にまみれたものを厭うこともせずに、いきりたちを舐めあげ、亀頭部に舌を走らせる。その間も、睾丸をやさしくあやしてくれる。

「おおぅ……！」

功太郎がもたらされる快感に唸っていると、下半身にもうひとりの気配を感じた。

ハッとして見ると、まさかの光景が目に飛び込んできた。

向かって右側に玲子が這うようにして、二十センチ砲の片側を舐め、左側にいる紗季が肉棹の左側に舌を走らせているのだ。

しかも、二人とも功太郎の開いて伸ばした足をまたぐようにしてフェラチオしているので、柔らかな乳房も下腹部の濡れも左右の足にはっきりと感じる。

夢を見ているのか、と思った。

美人代表と美人チーフ・エステティシャンに、二人がかりでウタマロを舐められている。総務部でくすぶっていた時代がウソのようだ。

（これが夢なら、絶対に覚めないでほしい！）

そう願ったとき、玲子が上から亀頭部を頬張ってきた。一杯に口を開き、激しく顔を振って、

「んっ、んっ、んっ……」

と、くぐもった声を洩らす。

次の瞬間、紗季が股間に顔を突っ込むようにして、皺袋をねろねろと舐めて

きた。

(ああ、信じられない……!)

気持ち良すぎて、功太郎はうっとりと目を瞑る。

(俺はこのデカチンだけで、ここまで這いあがってきた。何か突出したものがひとつあれば、それを極めれば、道は開くんだな……)

亀頭部を頬張る玲子の唇と、睾丸にからみつく紗季の粘っこい舌を感じる。

ついには、どちらかの指が根元にからみつき、ぎゅっ、ぎゅっとしごきはじめた。

「ぁあああ、ダメだ。出てしまう!」

ぎりぎりで訴えると、二人はフェラチオをやめて、何か小声で相談しはじめた。

やがて、話がついたのか、二人はベッドに隣同士で四つん這いになって、尻を突き出してきた。

二つの美尻が並んでいる。

「わたしにちょうだい。大丈夫よ。もう話はついているから、まずはわたしをイカかせて……お願い」

玲子が訴えてくる。

夢のようだが、これは間違いなく現実だ。やってやる。

(そのうちに俺が二人をコントロールして、トップに立ってやる！)

功太郎は肉棹を玲子の尻たぶの底に、沈み込ませていく。いきりたちが窮屈な肉路をうがっていって、

「はうぅぅ……！」

玲子が心底気持ち良さそうに顔を撥ね上げる。

つづけてピストンすると、玲子は急速に高まっていった。

「あんっ、あん、あんっ……ぁああ、何回しても慣れない。あん、あん、あん……ぁああ、イキそう。恥ずかしい……また、イッちゃう……来てぇ」

功太郎が止めの一撃を浴びせると、

「イクぅ……！」

玲子は震えながら、前に突っ伏していった。

すぐ隣に這っている紗季はさっきからずっと、自分でオマ×コの肉びらを開いて、待っていた。

自分の番が来て、赤裸々な粘膜の入口に怒張を叩き込むと、とろとろの肉路

がぐっとひろがりながら、締めつけてきて、

「はあああああ……！」

紗季が嬌声を張りあげる。

依然として、両手で自分のマンビラを開きつづけている。

そこに、ゆっくりと太棹を出し入れすると、ぐちゅぐちゅと淫靡な音がして、紗季が言った。

「ぁああ、気持ちいい……放さないわ。こんなすごいウタマロ、絶対に放さないわ」

と、そこに玲子がやってきた。這って、尻を突き出し、

「寂しいのよ。お願い、わたしにもせめてお指をちょうだい」

切々と訴えてくる。

功太郎は蕩けた粘膜に指を挿入して、腰とともにピストンする。

ぐちゅ、ぐちゅと二人の膣から淫らな蜜がすくいだされて、内腿へと伝い落ちた。

「あんっ、あんっ、あんっ……イク。ください！」

「ぁああ、あああ……わたしもイク……もっと指を！」

二人の喘ぎが交錯して、功太郎もこらえきれなくなった。

「出しますよ。おおおぅ！」

吼えながら叩きつけたとき、功太郎は射精し、玲子も紗季も「イクぅ！」と絶頂に昇りつめていった。

〈了〉

※この作品は、痛快官能ロマン「花園祭り」(「週刊実話」2022年9月8日号~2023年5月4日号連載)を、本文庫化に際し大幅に加筆修正したものです。

紅文庫

花《はな》園《ぞの》まつり

霧原《きりはら》一輝《かずき》

2024年1月15日　第1刷発行

企画／松村由貴（大航海）
DTP／遠藤智子

編集人／田村耕士
発行人／長嶋博文
発売元／株式会社ジーウォーク
〒153-0051 東京都目黒区上目黒1-16-8 Yファームビル6F
電話 03-6452-3118
FAX 03-6452-3110
印刷製本／中央精版印刷株式会社

ISBN978-4-86717-654-2